Lauf, wenn es dunkel wird

APRIL HENRY

Lauf, wenn es dunkel wird

Aus dem Amerikanischen
von Alexandra Rak

PLANET GIRL

Henry, April:
Lauf, wenn es dunkel wird
ISBN 978 3 522 50264 1

Aus dem Amerikanischen übersetzt von Alexandra Rak

Einbandgestaltung: zeichenpool, München, Milena Djuranovic
Innentypografie: Marlis Maehrle
Schrift: Esprit, Pepe
Satz: KCS GmbH, Buchholz/Hamburg
Reproduktion: immedia 23, Stuttgart
Druck und Bindung: Friedrich Pustet, Regensburg
Titel der amerikanischen Originalausgabe: *Girl stolen*,
published by Macmillan Children's Books, New York

5 4 3 2 1°   12 13 14 15

Für Sadie,
die mir beim Rückwärtslaufen unsere Schatten gezeigt hat

Tausend Dinge, die nicht stimmen

Cheyenne hörte, wie die Autotür geöffnet wurde. Sie lag zusammengerollt auf dem Rücksitz und rührte sich nicht vom Fleck, ihr Kopf ruhte auf der Armbeuge. Obwohl eine Decke über ihr war, zitterte sie.

Sie hatte gebettelt, dass ihre Stiefmutter die Schlüssel stecken ließ, damit sie die Heizung aufdrehen konnte, falls ihr kalt wurde. Nach einigem Hin und Her hatte Danielle nachgegeben. Sie war gerade mal fünf Minuten weg gewesen und jetzt war sie also schon wieder zurück. Vielleicht hatte der Arzt das Rezept ja in der Apotheke vorbestellt und Danielle hatte nicht darauf warten müssen, dass es erst zubereitet wurde.

Der Geländewagen schaukelte ein bisschen, als jemand auf den Fahrersitz sank. Jetzt wurde die Tür zugeschlagen. Der Motor lief. Als die Handbremse gelöst wurde, knackte es. Das Auto ruckte nach hinten.

Es waren tausend Kleinigkeiten, die Cheyenne sagten, dass etwas nicht stimmte. Sogar die Art und Weise, wie die Tür zugeschlagen worden war, hatte sich nicht richtig angehört. Danielle machte das nicht so schnell und fest. Das Atmen klang auch ganz falsch, viel zu hastig und rau. Cheyenne schnupperte. Es roch nach Rauch. Aber Danielle rauchte nicht und als Krankenschwester mochte sie auch keine Raucher.

Die Person am Steuer war ganz sicher nicht ihre Stiefmutter.

Aber warum sollte irgendjemand anderes in ihr Auto steigen? Sie hatten einen Cadillac Escalade, und da war es nicht sehr wahrscheinlich, dass den jemand verwechselte und dachte, es wäre sein Auto.

Dann erinnerte sie sich an die Schlüssel. Jemand klaute das Auto!

Und Cheyenne war sich ziemlich sicher, dieser jemand wusste nicht, dass sie hier hinten lag.

Sie erstarrte und fragte sich, wie weit die Decke sie versteckte. Ganz oben am Kopf konnte sie den Stoff nicht spüren.

Cheyenne fühlte sich wie die Maus, die sie einmal in der Küche entdeckt hatte. Sie hatte morgens vor der Schule das Licht angeschaltet und plötzlich saß dort dieses Tier ertappt mitten auf dem Boden da. Stocksteif, als würde sie es vielleicht übersehen, wenn es sich nur nicht regte.

Aber es hatte schon bei der Maus nicht geklappt und bei Cheyenne klappte es auch nicht. Sie musste ein verräterisches Geräusch gemacht haben. Oder vielleicht hatte sich der Dieb ja auch umgedreht, weil er sich vergewissern wollte, dass ihm niemand folgte, und dann hatte er den Körper bemerkt, der sich unter der Decke abzeichnete.

Ein Schimpfwort. Eine Männerstimme. Sie hatte schon halb vermutet, dass es ein Typ sein musste, so wie sie inzwischen manche Dinge einfach wusste.

»Wer zum Teufel bist du?« Vor Überraschung brach seine Stimme.

»Was machst du in Danielles Auto?«

Ihre Wörter prallten aufeinander und verhedderten sich. Sie sprachen beide zu schnell und schrien fast.

Cheyenne setzte sich auf und drängte mit dem Rücken gegen die Tür, die am weitesten von ihm entfernt war. »Halt sofort unser Auto an und mach, dass du verschwindest!«

»Nein!«, schrie er zurück. Er beschleunigte und der Motor heulte auf.

Und in diesem Moment begriff Cheyenne, dass sie entführt wurde.

Aber sie konnte weder den Typen, der sie entführte, sehen, noch wohin sie fuhren.

Cheyenne war seit drei Jahren blind.

Blutende Wunde

Das Mädchen auf dem Rücksitz hörte nicht auf herumzuschreien. Sie hatte schwarze Haare und riesige braune Augen, die sie vor Angst ganz weit aufgerissen hatte. Vielleicht war sie sogar hübsch. Griffin war sich nicht sicher. Dafür wusste er gerade ziemlich genau, dass er mit ihr ein Riesenproblem hatte. Panik stieg in ihm hoch. Er musste nachdenken. Gott sei Dank war niemand in der Nähe.

Wenn er anhielt und sie rausließ, so wie sie das wollte, würde das Mädchen schreiend zur nächstbesten Person laufen, die sie sah. Und er wäre in weniger als zehn Minuten verhaftet. Dann würden die Bullen natürlich zu ihrem Haus rausfahren und alles würde auffliegen. Alle kämen in den Knast. Wahrscheinlich für eine ganz schön lange Zeit.

Anstatt langsamer zu werden, beschleunigte Griffin und fuhr zum anderen Ende des Parkplatzes. Das Mädchen geriet ins Rutschen. Griffin zuckte zusammen, als ihr Kopf dumpf gegen das Fenster schlug, aber er fuhr trotzdem weiter. Er handelte jetzt rein instinktiv. Und sein Instinkt sagte ihm, dass er so weit wie möglich weg musste. Wenn man bei Roy aufwuchs, wurde man ziemlich gut im Wegrennen. Im Wegrennen und im Verstecken.

Griffin erwischte eine Lücke im Verkehr und fädelte ein. Er fuhr, so schnell es ging, über die Autobahnüberführung. Als er aufs Gaspedal trat, schoss der Escalade nach vorne und erreichte mühelos 100.

So wie es heute lief, würden ihn die Bullen wahrscheinlich fürs Rasen drankriegen. Griffin brauchte Zeit zum Nachdenken, aber er wusste nicht, woher er sie nehmen sollte. So viel Abstand wie möglich zwischen den Autobesitzer und das Mädchen auf dem Rücksitz zu bringen, war sicher das Richtige. Und er musste von möglichen Zeugen wegkommen, die vielleicht gerade jetzt den Notruf wählten. Er zog vor einen roten Honda und raste die nächste Ausfahrt raus. Erst mal weg von der Hauptverkehrsstraße.

Frustriert schlug er sich gegen den Kopf. Warum war er nur so dämlich gewesen und hatte nicht gemerkt, dass da noch jemand im Auto war? Er konnte Roy schon brüllen hören – fast so wie das Mädchen auf dem Rücksitz, das Mädchen, das nicht aufhörte zu schreien.

Er hatte nicht weiter gedacht als bis zu den Schlüsseln, die vom Zündschloss baumelten. Es war so einfach gewesen und so dumm. Griffin war die langen Reihen mit Fahrzeugen entlanggelaufen und hatte wie jeder andere gestresste Weihnachtseinkäufer ausgesehen, der sein Auto nicht fand. Griffin aber schaute nach Paketen, die er klauen konnte. Die Pakete waren aus den kastenförmigen Geschäften, die Meter für Meter den Parkplatz des Einkaufszentrums umsäumten. (Das Gelände war so groß, dass die meisten Leute ins Auto stiegen, sobald sie ein Geschäft verließen, und dann zum nächsten Geschäft weiterfuhren, das in einer Stadt ungefähr drei Blocks weiter gewesen wäre.)

Dank Roy wusste Griffin, wie er in weniger als einer Minute in ein verschlossenes Auto hinein- und auch wieder hinauskam. Er kriegte es sogar unbemerkt hin, wenn aus dem danebenstehenden Auto gerade jemand ausstieg. Als Nervenkitzel nickte er sogar manchmal jemandem zu, während er sich mit der J.Crew-Tüte oder der Schachtel von Abercrombie aufrichtete. Danach schlenderte er zu seinem eigenen Auto, das immer in der Nähe von einer der Ausfahrten geparkt war, und legte die Taschen in den Kofferraum. Wenn der Kofferraum voll war, fuhr er nach Portland rein und über den Fluss in die 82. Straße, wo jeder der vielen Secondhandläden, ohne nachzufragen, gerne neue Ware kaufte.

Der Escalade war wie ein Geschenk gewesen, ein Überraschungsgeschenk nur für ihn. Jeder, der so dämlich war und seinen Schlüssel für alle Welt sichtbar im Zündschloss stecken ließ, verdiente es nicht anders, als dass sein Auto geklaut wurde. Er hatte es gar nicht erwarten können, den Wagen nach Hause zu bringen und ihn Roy zu zeigen.

Das waren Griffins Gedanken gewesen, zumindest bis sich herausstellte, dass unter der Decke auf dem Rücksitz ein Mädchen steckte.

Besser er blendete das Mädchen aus und seine panischen Gedanken, Erklärungen und Rechtfertigungen auch, die er sich für zu Hause zurechtlegte, und fuhr so schnell weiter, wie er konnte, ohne dass er dabei die Kontrolle über das Auto verlor. So schnell zumindest, dass sie sich nicht trauen würde rauszuspringen.

Er hatte den Kopf zur Seite gedreht und versuchte gleichzeitig die Straße und das Mädchen im Auge zu behalten. Griffin schlängelte sich um langsamere Autos, bog in eine

Seitenstraße ein, und in noch eine, bis er schließlich auf eine leere Straße stieß, die durch ein Stück Buschland führte. An den Ecken standen große weiße Schilder, auf denen das Land zum Verkauf angeboten wurde. Jeder Bauunternehmer war willkommen.

Als er abbremste, ging das Mädchen mit ausgestreckten Händen auf ihn los. Sie kratzte ihn und schrie wie am Spieß. Den Kopf hielt sie dabei seitlich, ihre weit aufgerissenen Augen starrten ihn an. Sie sah verrückt aus. Vielleicht war sie es ja.

Hastig schaltete Griffin die Automatik auf Parken und versuchte dem Angriff des Mädchens auszuweichen, indem er sich von ihr wegdrehte. Wenigstens war niemand in der Nähe, der sie hören konnte. Ihre Fingernägel kratzten seine rechte Wange entlang, und er spürte, dass die Wunde zu bluten begann.

Irgendetwas musste er tun, aber was? Er quetschte sich zwischen den Sitzen durch. Griffin wollte sie beruhigen, doch sie kämpfte weiter gegen ihn an – schweigend und verbissen. Schließlich setzte er sich auf sie und hielt ihre Arme fest. Er war größer als sie und er lief auf Adrenalin. Immerhin hatte sie mit dem Schreien aufgehört. Im Auto war jetzt nur ihr stoßweises Atmen zu hören. Dann erst bemerkte Griffin das leise Brummen – er hatte nicht einmal Zeit gehabt, den Motor abzustellen. Er richtete sich auf, streckte sich nach vorne und drehte schnell den Schlüssel um.

»Tut mir leid«, sagte er in die plötzliche Stille hinein. »Lass uns darüber reden. Aber du musst mir versprechen, dass du nicht mehr versuchst, mich umzubringen.«

»Versprochen.« Sie nickte, schaute ihm dabei aber nicht in

die Augen. Griffin ging davon aus, dass sie wahrscheinlich log. Wenn er in ihrer Lage wäre, würde er es zumindest tun.

Er atmete aus. »Du bist nur aus Versehen hier. Ich wollte bloß das Auto, nicht dich. Ich habe nicht mal gewusst, dass du im Auto bist.«

»Dann lass mich gehen.« Ihre Stimme war leise und heiser. Sie atmete ein und hustete, es hörte sich tief und schmerzhaft an. Den Kopf hatte sie zwar noch immer weggedreht, aber ein paar kleine Spucketropfen landeten trotzdem auf Griffin. Als sie weitersprechen konnte, flüsterte sie. »Bitte, bitte, lass mich gehen. Ich verrate auch nichts.«

So blöd war nicht einmal Griffin. »Tut mir leid, aber du glaubst doch nicht im Ernst, dass ich dir das abnehme? Bis spätestens heute Abend hätte jeder Bulle meine Beschreibung und die würde dann außerdem noch über jeden Radiosender der Stadt rausgehen.«

Über ihr Gesicht huschte ein seltsamer Ausdruck, fast der Anflug eines Lächelns. Draußen im Kalten tickte der Motor, während er abkühlte. »Aber ich werde ihnen nichts erzählen können. Hast du nicht gemerkt, dass ich blind bin?«

Blind? Griffin starrte auf ihre dunklen Augen. Er hatte geglaubt, sie hätte ihn nicht richtig angesehen, weil sie nach Hilfe Ausschau hielt oder nach einer Fluchtmöglichkeit, und weil sie ihre Lage abschätzte.

»Bist du wirklich blind?«

»Mein Stock liegt auf dem Boden.«

Obwohl er sich noch immer fragte, ob sie ihn austricksen wollte, schaute er auf den Boden. Hinter dem Fahrersitz lag neben einer kleinen schwarzen Handtasche zusammengefaltet der Blindenstock.

Was wohl passieren würde, wenn er machte, was sie wollte? Er könnte sie rauslassen. Ihr vielleicht den Stock geben, oder vielleicht auch nicht. Schließlich war sie gut darin, herankommende Autos frühzeitig zu erkennen, und außerdem waren ohnehin nur wenige Autos unterwegs. Sie würde nicht überfahren werden, vielmehr würde sie das nächste vorbeikommende Auto anhalten. Und sobald jemand angehalten hätte, würde es nicht lange dauern, bis die Polizei da wäre. Der nagelneue Escalade war nicht gerade leicht zu übersehen. Was, wenn hier jemand nur ein oder zwei Minuten, nachdem er sie hatte gehen lassen, vorbeikam? Er war dreißig Meilen von zu Hause weg, dreißig Meilen von seinem Versteck für das Auto. Man würde ihn viel zu leicht finden. Und danach, noch immer der gleiche Albtraum. Sie alle weggesperrt – für immer und ewig.

Nein. Besser er hielt das Mädchen noch eine Weile fest. Besser er fragte Roy, was sie tun sollten, auch wenn der alles andere als begeistert sein würde, dass Griffin Ärger mit nach Hause brachte. Aber besser den Ärger mit nach Hause bringen, als ihn hier draußen lassen, wo er jeden Moment explodieren und sie alle mit sich reißen könnte. Außerdem hatte Griffin inzwischen eine Idee. Heute Abend, wenn es dunkel geworden war, könnte er das Mädchen zu irgendeinem verlassenen Flecken bringen, sie rauslassen und dann wieder wegfahren. Sie irgendwo absetzen, wo es Stunden dauern würde, bis jemand sie fand. Genau so, wie sie es gewollt hatte, nur mit einer wesentlich geringeren Wahrscheinlichkeit, dass sie ihn schnappen würden. Aber nicht hier. Nicht jetzt. Nicht am helllichten Tag. Nicht wenn jeden Moment ein Auto vorbeifahren konnte.

Als würde der Gedanke Wirklichkeit werden, hörte er von Weitem ein Auto. Ein Auto, das näher kam.

»Ich kann dich nicht gehen lassen«, sagte er und wollte »noch nicht« hinzufügen. Aber bevor Griffin ein weiteres Wort sagen konnte, ging sie wieder auf ihn los, öffnete den Mund, um zu schreien. Was sollte er jetzt tun? Plötzlich hatte er einen Einfall. Er wusste nicht, ob es funktionieren würde, aber er musste es versuchen. Verzweifelt tastete er über den Beifahrersitz, bis sich seine Finger um den Gegenstand schlossen, den er brauchte.

Griffin drückte den Zylinder gegen ihre Schläfe.

»Einen Ton und ich erschieß dich!«

Allen Grund zu lügen

Cheyenne erstarrte, als sie das kalte Metall spürte. Sie wusste, dass er es ernst meinte. Er hörte sich wütend an und unbeherrscht, genau so, wie sie sich fühlte. Sie blieben beide still, bis das Auto an ihnen vorbeigefahren war und das Motorengeräusch verklang. Mit ihm schwand auch ihre Kraft.

»Hör mal – entspann dich einfach, okay?« Seine Stimme hörte sich ein bisschen ruhiger an.

Sie zwang sich zu nicken.

»Ich brauch den Scheiß nicht. Ich brauch das nicht, wenn du schreist und trittst und kratzt. Ich kann nicht denken, wenn du das machst. Also bist du endlich still?«

Cheyenne nickte wieder und wünschte, sie könnte sich ganz eng zusammenrollen, ganz eng, und kleiner und kleiner werden, bis sie einfach verschwand.

»Ich *werde* dich gehen lassen«, beharrte er.

Etwas in ihrem Gesicht musste gezuckt und ihren Zweifel verraten haben.

»*Werde* ich! Nur eben nicht jetzt. Jetzt muss ich dich erst mal fesseln und die Decke über dich ziehen, damit dich niemand sieht. Und heute Abend, wenn es dunkel ist, lass ich dich gehen.«

Cheyennes Kopf tat an der Stelle weh, mit der sie gegen das Fenster geknallt war. Das war wahrscheinlich gerade mal fünf Minuten her, aber es fühlte sich wie eine Ewigkeit an. Wo waren sie jetzt? Wo waren sie, wenn er dachte, dass er sie auf dem Rücksitz festhalten konnte, ohne dass es jemand bemerkte? Das eine Auto war das einzige, das sie gehört hatte, seit er in diese Straße abgebogen war.

»Zieh deine Schuhe aus.« Cheyenne dachte, er wollte verhindern, dass sie weglief. Aber dann sagte er: »Und gib mir die Schnürsenkel.«

Sie machte, was er wollte, und fragte sich dabei, wo die Pistole gerade hinzeigte. Auf ihren Kopf, auf ihr Herz? Oder hatte er die Waffe schon weggelegt? Der winzige, verschwommene Ausschnitt ihres Gesichtsfelds, der ihr noch geblieben war, verriet ihr nichts. Der Typ befahl ihr, sich auf den Bauch zu legen, und band ihre Hände auf dem Rücken zusammen. Cheyenne wusste, dass er in diesem Moment unmöglich die Pistole in der Hand haben konnte, aber er konnte noch immer danach greifen und Cheyenne erschießen, wenn sie Ärger machte.

Also gehorchte sie, spannte jedoch die Arme an und hielt die Hände so weit auseinander, wie sie sich traute. Mit dem zweiten Schnürsenkel band er ihre Füße zusammen. Warum hatte sie nur keine Slipper angezogen?

Tausend Fragen schwirrten ihr durch den Kopf.

Als der Typ fertig war, drehte sie sich zu ihm um. Sie wollte, dass er ihr Gesicht sah, ihr in die Augen blickte, auch wenn sie seine nicht sehen konnte. Wahrscheinlich war es leichter, jemanden in den Rücken zu schießen.

Sie wollte es ihm nicht leicht machen.

Cheyenne hörte, wie er ihre Handtasche nahm und sie durchwühlte.

»Suchst du Geld?«, fragte sie. »Ich hab nicht viel.«

Cheyenne wusste, dass sie einen Zwanziger, zwei Zehner und ein paar Einer dabeihatte. Der Zwanziger war der Länge nach gefaltet, der Zehner der Breite nach und die Einer überhaupt nicht. Wenn sie von jemandem Geld zurückbekam, fragte sie immer, welcher Schein es war, und dann faltete sie ihn. Jeder Blinde hatte sein eigenes System, wie er die Scheine faltete, damit er sie auseinanderhalten konnte. Münzen waren viel einfacher. Sie waren unterschiedlich groß und dick, manche hatten glatte Ränder und andere nicht. Wenn eine Münze zu Boden fiel, konnte Cheyenne allein am Klang erkennen, um was für eine es sich handelte – und das sogar schon vor ihrem Unfall.

Jetzt spielte sie ihren Trumpf aus. »Ich habe eine Bankkarte. Wenn du mich gehen lässt, geb ich dir meine PIN. Auf meinem Konto sind mehr als dreitausend Dollar.«

»Dreitausend Dollar?« Da war etwas in seiner Stimme, das Cheyenne aufhorchen ließ. Er war wahrscheinlich jünger, als sie angenommen hatte, und es klang, als ob er ihr nicht glaubte.

Hoffnung keimte auf. »Du kannst alles haben. Ich glaube nicht, dass du mehr als tausend Dollar auf einmal abheben kannst, aber ich schwöre, ich werde ihnen nicht sagen, dass du meine Karte hast. Ehrlich.«

»Ich will dein Geld nicht!« Da war ein seltsamer Ton in seiner Stimme. Fast als wäre er durch ihre Beschuldigung verletzt, was ihr völlig absurd vorkam. Es war okay, ein Auto zu klauen, es war okay, sie zu entführen, aber es war nicht okay, ihr Geld zu nehmen? »Ich suche in deiner Handtasche nach was, mit dem ich dich knebeln kann.«

»Das darfst du nicht. Ich bin total krank. Wenn du mich knebelst, ersticke ich.« Was nicht gelogen war, aber ganz der Wahrheit entsprach es auch nicht. Und wenn er sie wirklich knebelte, würden sich ihre Chancen, Hilfe zu bekommen, schlagartig verringern.

Cheyenne zitterte, teilweise aus Angst und teilweise, weil ihr Fieber wahrscheinlich wieder stieg. Beim Arzt hatte sie 38,9 gehabt. Dr. Guinn hatte ihr Antibiotika verschrieben und gesagt, dass bis Weihnachten alles wieder gut sein würde. Nun traf sie der Gedanke wie ein Schlag in die Magengrube. *Werde ich Weihnachten überhaupt noch erleben?*

»Deswegen waren wir ja überhaupt im Einkaufszentrum. Meine Stiefmutter wollte das Rezept in der Apotheke einlösen. Wenn ich nicht durch den Mund atmen kann, ersticke ich.«

Er zögerte eine Weile. Dann sagte er grob: »Versprochen, dass du nicht schreist?«

»Versprochen.«

Warum sollte einer dem anderen trauen?, fragte sich Cheyenne, als der Typ die Decke über sie zog. Es gab keinen Grund, die Wahrheit zu sagen, aber allen Grund zu lügen. Vielleicht hatte er vor, ihr wehzutun, sie jahrelang in seinem Keller festzuketten, ihr mitten ins Herz zu schießen. Sie machte sich ja schließlich auch Gedanken darüber, wie sie abhauen könnte, wie sie jemanden auf sich aufmerksam machen könnte, oder wie sie ihn so schwer verletzen könnte, dass er es ihr nicht heimzahlen konnte. Es gab keinen Grund, warum einer dem anderen trauen sollte.

Ihr Gesicht war frei geblieben, als der Entführer die Decke über ihren Kopf und ihren Körper gezogen hatte. Gut. So konnte sie atmen. Und er würde nicht vergessen, dass sie ein Mensch war und nicht irgendein zusammengeschnürtes Paket oder ein zusammengerollter Teppich. Es war sicher viel einfacher, einen zusammengerollten Teppich zu erschießen.

Cheyenne hörte, wie er zurück auf den Fahrersitz kletterte und den Motor anließ.

Sie versuchte herauszufinden, in welche Richtung sie fuhren, aber sie hatte schon, kurz nachdem er ihr Auto gestohlen hatte, die Orientierung verloren. Lediglich, dass die Straße sehr ruhig war, wusste sie, und das konnte nicht gut für sie sein. Ruhig hieß, dass sie niemandem auffallen würden. Ruhig hieß, dass er sie umbringen konnte oder mit ihr machen, was immer er sonst von ihr wollte, und niemand würde es merken. Ihre Gedanken wurden düsterer. Danielle und ihr Dad würden gerufen werden, um sie zu identifizieren. Was würde dieser Mann machen, wenn sie erst einmal tot war? Würde er ihren Körper im Auto liegen lassen und den Wagen auf einer Holzabfuhrstraße abstellen, auf der sie vorm nächsten Frühjahr niemand finden würde? Oder würde er sie in einen Graben rollen? Oder ihr in den Bergen ein flaches Grab schaufeln.

Das Einzige, was ihr vielleicht das Leben retten würde, war der Umstand, dass sie nicht beschreiben konnte, wie er aussah.

Aber wenn sie nichts sehen konnte, wie sollte sie dann fliehen?

Wer hatte jetzt das Sagen?

Griffin drehte den Schlüssel im Zündschloss und fuhr los – immer noch fassungslos. Er wollte den Zigarettenanzünder wieder zurück in das Armaturenbrett stecken, doch er zögerte einen Moment und schob ihn dann in seine Tasche. Vielleicht brauchte er ihn noch mal. Er hatte befürchtet, dass das Mädchen seine Hand wegschlagen würde, als er damit gedroht hatte, sie zu erschießen. Aber stattdessen war sie vor Angst wie erstarrt.

Dass sie wirklich geglaubt hatte, der Zigarettenanzünder wäre eine Pistole, gab Griffin ein seltsames Gefühl von Macht. Als könne er seine Wünsche einfach so wahr werden lassen.

Plötzlich dudelte hinter seinem Rücken Musik und Griffin wäre beinahe von der Straße abgekommen. Doch es war nur ein Handy, das die ersten paar Takte eines bekannten Liedes spielte. Griffin fuhr an den Straßenrand und griff nach der Handtasche des Mädchens. Er schaute auf das Display des Handys. »Da steht ›Danielle Wilder‹«, sagte er. »Wer ist das?«

»Meine Stiefmutter.« Sie versuchte ein Lächeln, das wohl

freundlich scheinen sollte. Es sah aber eher aus wie ein Hund, der seine Zähne fletschte. »Wenn du mich mit ihr reden lässt, schlag ich ein wenig Zeit raus. Ich behaupte, dass sie in einer anderen Reihe geparkt hat, als sie denkt. Sie hatte es eilig, als sie zur Apotheke gegangen ist. Sie wird dann bestimmt noch ein paar Minuten länger suchen.«

»Sicher nicht«, sagte Griffin und sah, wie das falsche Lächeln aus ihrem Gesicht fiel – wie ein Teller aus dem Regal. Er drückte den Power-Schalter am Handy, bis die Anzeige verschwand und alles schwarz wurde.

Konnte die Polizei das Telefon trotzdem irgendwie aufspüren – obwohl er das Teil ausgeschaltet hatte?

Griffin ließ das Fenster runter und warf das Handy so weit wie möglich. Es landete in einem Brombeergestrüpp. Zu spät fiel ihm ein, dass seine Fingerabdrücke darauf waren. Er hatte die Handschuhe ausgezogen, als er das Mädchen gefesselt hatte, und dann hatte er versäumt, sie wieder anzuziehen. Er fluchte leise. Blöd, blöd, blöd. Er war wirklich genauso dämlich, wie Roy immer sagte. Warum konnte er Sachen nie zu Ende denken? Er fühlte, wie sein Blut gegen die Schläfen hämmerte. Alles war in Ordnung, versuchte er sich einzureden. Das Handy würde jahrelang keiner finden.

Er fuhr zurück auf die Straße.

An einer Abzweigung bog er in einen Schleichweg ein, der sich durch Felder schlängelte. Hier stand ein Haus meilenweit vom nächsten entfernt. Griffin holte eine Zigarette aus seiner Brusttasche und knipste das Feuerzeug an.

»Du wirst *nicht* im Auto meiner Stiefmutter rauchen!«

»Was?« Einerseits fand er es lustig, aber es machte ihn auch wütend. Begriff sie nicht, wer jetzt das Sagen hatte?

»Erstens bin ich krank. Ich kann ja so schon kaum atmen. Und zweitens wird meine Stiefmutter dich umbringen, wenn du ihr das Auto verpestest.«

Griffin schnaubte. Aber dann nahm er die Zigarette aus dem Mund und steckte sie zusammen mit dem Feuerzeug in seine Brusttasche zurück.

Im Auto war es eine Weile vollkommen still. Nur das schwere Atmen des Mädchens war zu hören.

Nach einer guten Viertelstunde kam ihnen ein Auto entgegen, Griffin wurde nervös, als es näher kam. Würde das Mädchen versuchen sich bemerkbar zu machen, vielleicht ihre Füße gegen die Scheibe drücken oder sich hochziehen, damit man ihr Gesicht sehen konnte? Er beobachtete sie im Rückspiegel, sah, wie sich ihr Gesicht anspannte, und wusste, dass sie sich ihre Chancen ausrechnete, genauso wie er es an ihrer Stelle getan hätte. Aber es gab kaum welche. Das Auto fuhr ohne Zwischenfall an ihnen vorbei. Der Fahrer war ein älterer Mann, der gerade telefonierte. Griffin bezweifelte, dass er den Escalade überhaupt bemerkt hatte.

Ihre Stimme, die unter der Decke hervorkam, ließ ihn zusammenfahren. »Wie heißt du?«

»Was? Ist das dein Ernst? Glaubst du wirklich, das verrate ich dir?« Im Gegenzug fragte er: »Wie heißt *du?*« Ganz kurz überlegte er, wie es für sie sein musste. Blind zu sein. Als wäre man in einer Geisterbahn im Freizeitpark, wo plötzlich Skelette vor einem auftauchen oder Geister hinter einem hergleiten, und man weiß nur, dass sie da sind, weil sie einem in die Ohren heulen.

»Ich heiße Cheyenne«, sagte sie leise. »Cheyenne Wilder.«

»Warum haben deine Eltern dich Cheyenne genannt?«,

fragte Griffin, während er an zwei Pferden vorbeifuhr, die frei herumliefen – eines braun und eines schwarz. Seine Augen folgten ihnen einen Moment. »Ist das nicht ein Indianerstamm?«

»Ich bin zu einem Zweiunddreißigstel Indianerin. Aber das ist so wenig, dass es keine Rolle spielt.«

Hohe Wangenknochen, dunkle Haare, dunkle Augen – er konnte es erkennen. Seine Panik hatte sich etwas gelegt. »Wie alt bist du?«, fragte er. Es war schwer einzuschätzen. Vierzehn? Achtzehn? Sie war kleiner als er, vielleicht 1,60, und ungeschminkt, aber sie wirkte sehr selbstsicher. Vielleicht musste man schnell erwachsen werden, wenn man blind war.

»Sechzehn.«

»Wieso bist du blind?«

Statt zu antworten, rutschte Cheyenne hin und her und wechselte das Thema. »Wo bringst du mich hin?«

Er schüttelte seinen Kopf, dann fiel ihm ein, dass sie ihn nicht sehen konnte. »Kann ich dir nicht sagen.«

»Okay, also dann: Wie lange brauchen wir noch?«

»Wirst du schon sehen.« Plötzlich war da eine merkwürdige Erinnerung: irgendwelche Ferien mit seinen Eltern. Sein Vater fuhr den ganzen Weg und starrte stur auf die Straße. Er antwortete auch nicht auf Griffins Fragen. Seine Mom drehte sich auf ihrem Sitz zu ihm um, sprach mit ihm, steckte ihm kleine Snacks zu. Sie hatten Spiele gespielt, zum Beispiel versuchten sie, so viele verschiedene Nummernschilder zu finden wie möglich, oder sie hatten für jeden Buchstaben im Alphabet ein Tier gesucht. *Affe, Bär, Clownfisch* … Griffin hatte schon ewig nicht mehr an diese Fahrt gedacht.

Er schaute wieder nach hinten zu Cheyenne. Ihre Augen waren zwar offen, aber auf nichts fokussiert, was ein bisschen irre aussah. Es erinnerte ihn an Partys, auf denen die Leute so zugedröhnt oder betrunken waren, dass sie sich in ihrer eigenen Welt verloren. Seltsam, wie er sie anschauen konnte, ohne dass sie es bemerkte.

Während er Cheyenne beobachtete, fing sie wieder an, schlimm zu husten. Kleine Explosionen, die ihren Körper auf dem Sitz herumwarfen.

»Kannst du mir meine Hustenbonbons aus der Tasche geben«, würgte sie schließlich hervor.

Griffin fuhr in eine geschotterte Ausweichbucht, ließ aber den Motor laufen. Er durchwühlte ihre Tasche und fand die Schachtel mit den Hustenbonbons. »Hier, bitte sehr«, sagte er. Sie öffnete den Mund.

Obwohl er, seit seine Mutter sie verlassen hatte – damals war er zehn gewesen –, keinen Gottesdienst mehr besucht hatte, fühlte Griffin sich plötzlich wie ein Priester mit einer Hostie. Als er Cheyenne den Hustenbonbon gab, streiften seine Fingerspitzen ihre Lippen.

»Hör mal«, sagte er. »Ich muss dein Gesicht kurz abdecken. Und wenn wir anhalten, musst du ganz still sein, okay?«

Einen Augenblick lang hörte man nur, wie sie an der Pastille lutschte. Schließlich nickte sie.

Griffin zog die Decke locker über ihr Gesicht, legte den Gang ein und fuhr weiter. Unbewusst rieb er seine Fingerspitzen aneinander, die, mit denen er ihre Lippen berührt hatte.

Hier sind Drachen

Der Entführer konnte sie nicht sehen. Niemand konnte sie sehen. Es war, als wäre sie unsichtbar. Cheyenne lag versteckt unter der Decke auf dem Rücksitz des Autos und erlaubte sich, lautlos ein bisschen zu weinen. In den vergangenen drei Jahren war sie darin sehr gut geworden.

Nach dem Unfall hatte ihr Dad einen Zusammenbruch gehabt. Jede Nacht schlief er bei ihr im Krankenhaus. Ihre Mom hätte dasselbe gemacht, aber ihre Mom gab es nicht mehr. Ihr Dad war beruflich sehr viel unterwegs, ihre Mutter war diejenige gewesen, die sie am besten kannte, die alles von ihr wusste. Wer sonst dachte daran, dass sie zum Frühstück am liebsten Schokoladencornflakes aß und Angst vor Motten hatte. Wer würde jetzt BHs mit ihr einkaufen gehen und über die Leute an ihrer Schule reden.

Im Krankenhaus wurde sie manchmal wach, weil ihr Vater im Schlaf weinte. Sie musste stark sein – für ihn. Das war ihr klar geworden. Also hatte sie ihre wirklichen Gefühle versteckt, ihr wahres Ich, damit er nicht merkte, wie schlecht es ihr ging.

Als sie nun so unter der Decke lag, schmerzte ihre Brust. Inwieweit das von den unterdrückten Schluchzern kam und inwieweit von der Lungenentzündung, konnte sie nicht sagen.

Danielle hatte sofort auf eine Lungenentzündung getippt, als sie durch das Stethoskop das Knistern in Cheyennes Lunge gehört hatte. Sie hatte auch eine Stelle gefunden, an der es gar keine Atemgeräusche gab. Atemgeräusche, die eigentlich hätten da sein müssen.

Cheyenne hatte nie mehr als ein verschwommenes Bild von Danielle gesehen, und trotzdem hatte sie in ihrer Vorstellung ein klares Bild von ihr. Blondes schulterlanges glattes Haar und einen schlanken Körper, ein bisschen wie die vielen Schauspielerinnen im Fernsehen, auch wenn Danielle klüger war als zwei oder drei von ihnen zusammen.

Der Besuch beim Arzt war nur eine Formsache gewesen, ein Weg, das Rezept zu bekommen, das eine Krankenschwester nicht ausstellen durfte. Der Arzt hatte das Röntgenbild angetippt, was nach hohlem Plastik geklungen hatte, und ihnen gesagt, dass man darauf einen Schatten auf dem unteren Lappen des rechten Lungenflügels sehen konnte. »Mit Antibiotika kriegen wir das Teil in ein paar Tagen klein. Es wird eine Weile dauern, bis deine Abwehrkräfte wieder voll aufgebaut sind, aber wenn nach den Weihnachtsferien die Schule wieder anfängt, bist du schon längst auf dem Weg der Besserung.«

Cheyenne holte lang und zitternd Luft. Ihr Kopf fühlte sich wattig an. Alles war so unwirklich. Das konnte ihr doch unmöglich gerade passieren. Es war wie auf einer dieser alten Landkarten, als die Menschen noch glaubten, die Erde sei eine Scheibe. Dort, wo das Festland zu Ende war, weit draußen im Ozean, stand in dunkler Tinte: »Hier sind Drachen.«

Sie atmete tief ein. Denk nach, befahl sie sich. Konzentrier dich.

Sie musste jeden Vorteil nutzen, den sie hatte. Nur, dass ihr keiner einfiel. Wenn bloß Phantom bei ihr wäre! Sie vermisste ihn mehr als alles andere. Hätte sie ihn doch bloß nicht zu Hause gelassen! Aber Danielle hatte gemeint, dass es so einfacher wäre, schließlich musste sie nur vom Auto zur Arztpraxis laufen, und dafür brauchte sie keinen Blindenhund. Doch wenn sie Phantom bei sich gehabt hätte, wäre dieser unheimliche Kerl bestimmt nicht ins Auto gestiegen.

Jetzt war sie also hier – blind, entführt, gefesselt, auf dem Weg nach wer weiß wohin, zusammen mit einem Kriminellen. Ihr Handy war weg. Und sie war sehr krank.

Nein! Sie formte das Wort stumm mit ihren Lippen. Sie musste sich zusammennehmen. *Denk nach!*

Sie war blind. Das war nicht zu ändern. Das war ihre größte Schwachstelle. Aber konnte sie das irgendwie zu ihrem Vorteil nutzen?

Es gab tatsächlich ein paar Vorteile, wenn man blind war – nicht viele, sicher nicht genug. Aber ein paar. Sie konnte zum Beispiel all ihre anderen Sinne viel besser nutzen als die meisten Sehenden. Sehende rochen und hörten und berührten all die Dinge wie sie, aber der Teil des Gehirns, der die Empfindungen wahrnahm, war bei ihnen erstarrt, weil sie ihn selten gebrauchten. Und Cheyenne hatte es mühsam lernen müssen – wirklich immer auf alles in ihrer Umgebung zu achten und so viele Hinweise zu sammeln wie möglich.

Wie also konnte sie ihre Sinne zu ihrem Vorteil nutzen? Sie schnupperte, aber alles, was sie roch, war der abgestandene Zigarettenrauch an den Kleidern des Kerls. Ihre Nase würde ihr erst helfen, wenn sie endlich anhielten und er die Tür öffnete. Ihre Ohren verrieten ihr auch nicht viel mehr. Sie wusste lediglich, dass es mindestens zwanzig Minuten her war, seit ein Auto an ihnen vorbeigefahren war. Wohin sie fuhren, konnte sie schon ewig nicht mehr ausmachen. Eine Zeit waren sie auf einer kurvigen Straße gefahren – aber für wie lang? Sie drehte ihre Hände, bis sie mit ihren Daumen über die Zahlen auf ihrer Braille-Uhr streichen konnte. Es war fast elf. Der Kerl hatte das Auto vor ungefähr 45 Minuten geklaut. Also gut, dann waren sie auch ungefähr 45 Meilen vom Einkaufszentrum entfernt – oder ein bisschen weniger. Schnell überschlug sie diese Informationen im Kopf. Das Ergebnis war entmutigend. Das bedeutete, dass sie überall in einem Gebiet sein konnte, das etwas mehr als sechstausend Quadratmeilen groß war. Selbst wenn sie bald anhielten, wie sollten ihr Dad und Danielle oder sogar die Polizei sie in einem so großen Gebiet finden?

Cheyenne zwang sich, wieder an die Sachen zu denken, die sie vielleicht steuern konnte. Zum Beispiel der Kerl, der sie entführt hatte. Was konnte sie machen, damit sie ihm gegenüber im Vorteil war?

Sie beschloss, dass sie ihn als Erstes dazu bringen würde, sie loszubinden. Und dazu musste er sie als *armes Blindchen* sehen, dafür würde sie sorgen. Wenn ihre Hände erst mal wieder frei wären, könnte sie ein Telefon suchen. Oder eine Waffe. Und sobald es dunkel war, könnte sie sogar ihren Blindenstock nehmen und fortlaufen. Sie sehnte die Nacht geradezu herbei, denn dann würde sie einem sehenden Menschen mehr als ebenbürtig sein.

Wenn sie erst einmal angekommen waren – wohin auch immer sie fuhren –, würde sie ihn überreden, ihr die Hände loszubinden. Dann würde sie so viele Hinweise und Hilfsmittel sammeln, wie sie nur konnte, und den passenden Augenblick abwarten. Und wenn ihr der Kerl etwas Böses antun wollte, würde sie es nicht still über sich ergehen lassen. Sie würde ihm den Kampf seines Lebens bescheren.

Es schien unmöglich, aber Cheyenne musste eingeschlafen sein. Das Nächste, an was sie sich erinnerte, war, dass das Auto eine Schotterstraße hinunterschlingerte, die so holprig war, dass Cheyenne fast von der Sitzbank rollte. Über die Geräusche im Wageninneren hinweg nahm sie das Bellen eines Hundes wahr. Es schien ein großer Hund zu sein – so tief wie er sich anhörte. Und nicht sehr gut erzogen.

Über dem Bellen lag ein schrilles, metallisches Kreischen. Eine Säge.

Das Geräusch kam irgendwo von vor dem Auto. Dann verstummte es plötzlich. Das Fenster surrte, als es herunterglitt. Kalte Luft strömte herein und drängte sich bis zu ihr – sogar unter die Decke. Holzrauch und der Duft nach Kiefernnadeln breiteten sich im Auto aus.

Der Hund hörte mit dem Bellen auf und winselte. Schritte knirschten über den Schotter. Cheyennes Problem hatte sich gerade verdoppelt. Jetzt waren da also zwei Leute, nicht nur einer. Aber vielleicht würde diese neue Person ja einsehen, wie lächerlich es war, dass man sie festhielt. Vielleicht würde er oder sie – eine Sie wäre sehr viel besser – darauf bestehen, dass sie Cheyenne sofort freiließen.

Aber es war ein Mann, der sprach. In seiner rauen Stimme

mischten sich Neugier und Argwohn. »Verdammt, Griffin, was ist das?«

Cheyenne legte den Namen in ihrem Gedächtnis ab. *Griffin.* Falls sie je freikäme, würde Griffin bezahlen.

»Wo hast du den denn her?«

»Vom Einkaufszentrum. Jemand hat die Schlüssel stecken lassen.«

»Verdammt!« Das gleiche Wort, diesmal war es aber mit Respekt gefüllt. »Aber was ist mit deinem Gesicht passiert?« Gut, sie hatte Griffin also verletzt.

Dann musste der andere Mann bemerkt haben, dass etwas unter der Decke steckte, denn sein Tonfall änderte sich. »Was zum Teufel ist das auf dem Rücksitz?«

»Ein Mädchen.«

»Du hast ein Mädchen umgebracht!« Fassungslosigkeit.

»Nein, nein«, sagte Griffin schnell. »Sie ist nur gefesselt. Sie lag im Auto – auf dem Rücksitz. Ich hab sie erst nicht gesehen. Und als ich sie dann doch bemerkt habe, da war es schon zu spät. Also musste ich sie mitbringen.«

Es klatschte. Der andere Mann musste Griffin gerade geohrfeigt haben, begriff Cheyenne.

»Also hast du sie hierher gebracht? Das war ja wirklich mal eine tolle Idee. Warum überrascht es mich nicht, dass dir das eingefallen ist?«

»Was hätte ich denn deiner Meinung nach tun sollen?«, jammerte Griffin. »Fünf Minuten später und es hätte vor Polizisten nur so gewimmelt. Ich musste so schnell wie möglich weg. Ich warte einfach bis heute Abend und werf sie auf einer Holzabfuhrstraße raus. Und dann verschwinde ich von da.«

»Du Trottel! Sie weiß, wie du aussiehst. Und jetzt war sie hier … Ich muss es dir ja wohl nicht erklären. Sie wird sagen, wer wir sind. Sie wird die Bullen herführen. Willst du mich in Schwierigkeiten bringen?«

»Aber Dad, sie ist blind!«

Dad?

Falls das Gesetz nach dem Rechten sehen würde

»Gib mir ihre Tasche«, verlangte Roy. Er streckte seine Hand aus. »Mal nachschauen, wer sie ist.« Er war noch immer wütend, so viel stand fest, aber Roy war eigentlich immer ein kleines bisschen wütend.

Die Frage ist, wie wütend er war, dachte Griffin, während er seinen Vater vorsichtig ansah. Seine Wange brannte noch immer.

»Ich weiß schon, wer sie ist. Sie heißt Cheyenne Wilder.«

Er stieg aus dem Wagen. Roy ging einen Schritt auf ihn zu und stand ihm nun direkt gegenüber, Nase an Nase, was ihn einigermaßen überraschte. Seit wann war er mit seinem Dad auf gleicher Augenhöhe? Duke spürte die Spannung und knurrte.

Griffin wich zurück und hob kapitulierend die Hände. Roy spuckte Tabak aus der Seite seines Mundes. Roys Körper bestand nur aus Tattoos und Muskeln. Trotz der Kälte war er angezogen wie immer – er trug eine offene schwarze Harley-Lederweste über einem Flanellhemd, die Ärmel des Hemds waren abgerissen und die fransigen Ränder zeigten Roys pralle Muskeln. Die runde Kautabakdose in seiner Brusttasche zeichnete sich auf dem Karomuster leicht ab.

Jimbo und TJ kamen aus der Scheune. Griffin war dankbar für die Ablenkung.

»Wow! Was ist das denn?«, fragte Jimbo und schüttelte bewundernd den Kopf. Obwohl sein Körper eine gute Isolationsschicht hatte, zog er immer total viel an und sah damit aus wie ein Michelin-Männchen. Jimbo fror ständig. »Eine Kleinigkeit, die du beim Einkaufen mitgenommen hast?«

»Krass«, sagte jetzt auch TJ. TJ war spindeldürr und klein, nicht viel größer als Cheyenne. Sein langer schmutzig-blonder Pferdeschwanz schaute hinten aus seiner Baseballkappe raus.

»Nur gibt es da ein Problem«, sagte Roy. Die Röte in seinem Gesicht hatte etwas abgenommen. »Das Auto ist mit einem kleinen Extra ausgestattet. Einem Mädchen.«

»Ein Kind«, sagte Griffin. Irgendwie hatte er das Gefühl, dass er das betonen musste. Er sah schon, wie TJ seine Ohren spitzte, und wollte nicht, dass er auf falsche Ideen kam. »Und außerdem ist sie blind, also hat sie nichts gesehen.«

Die beiden Männer linsten durch das halb offene Fenster. Cheyenne lag vollkommen still unter der Decke. Griffin hoffte, dass sie nicht genau verstand, was sie sagten.

»Also, sie ist wirklich blind?«, fragte TJ laut.

Griffin sah, wie Cheyenne unter der Decke zusammenzuckte.

Jimbo stieß TJ an. »Er hat ›blind‹ gesagt, Dummkopf, nicht ›taub‹.«

Roy drehte seinen Kopf zur Seite und spuckte Tabaksaft aus. »Hast du die Nummernschilder ausgetauscht?«

»Hey, ich hab nicht gewusst, dass ich ein Auto finden würde. Ich hatte keine dabei.«

»Wo ist der Honda?«

Griffin wollte nicht antworten, aber es blieb ihm nichts anderes übrig. »Ich musste ihn dortlassen.«

»Und wo steht er? Erzähl mir jetzt bloß nicht, irgendwo in der Nähe, wo du den hier herhast.«

»Der Honda steht ganz hinten, bei Borders«, sagte Griffin. »Und der Escalade stand auf der komplett anderen Seite vom Parkplatz.«

»Wir können ihn nicht über Nacht dalassen, sonst sieht noch jemand einen Zusammenhang zwischen einem Auto, das auf dem Parkplatz zurückgelassen wurde, und einem anderen, das gestohlen worden ist.« Roy dachte kurz nach. »Gib den beiden die Schlüssel. Ihr zwei könnt den Pick-up nehmen, fahrt raus zum Woodlands und bringt den Honda zurück.«

TJ und Jimbo waren einverstanden, zumindest murmelten sie was in der Richtung. Griffin warf Jimbo die Schlüssel zu und die beiden Männer schlenderten zum Pick-up. Als sie außer Hörweite waren, drehte Roy sich zu ihm.

»Du stürzt uns ins Unglück, weißt du das? Bring sie jetzt erst mal ins Haus. Lass ihre Hände zusammengebunden, bring sie irgendwohin, wo sie keine Schwierigkeiten machen kann, und dann komm wieder raus. Ich stell den Escalade in die Scheune. Benutz keine Namen und sag ihr bloß nicht, wo wir sind. Wir beide müssen darüber reden, was wir machen. Aber nicht vor ihr.«

Als Griffin die Autotür öffnete und sich reinlehnte, war Cheyennes Körper ganz starr. Und als er die Decke wegzog, rieb sie ihre Wange an dem gestreiften Schal, den sie über ihrem Mantel um ihren Hals gebunden hatte. Sie wischte sich wohl gerade Tränen weg. Trotzdem sah man noch die Feuchtigkeit auf ihrem roten Gesicht. Komisch, dass sie weinen konnte, wo ihre Augen doch sonst nicht funktionierten.

Er half ihr beim Hinsetzen und sagte dann: »Ich werde jetzt den Schnürsenkel um deine Füße durchschneiden. Beweg dich also nicht.« Er holte sein Messer raus und klappte die Klinge aus. Dann legte er eine Hand zwischen ihre Fußknöchel, knapp unter dem straffen Schnürsenkel, damit er sie nicht versehentlich schnitt, falls er ausrutschte. Er spürte, wie sie zitterte.

Nachdem er den Schnürsenkel durchgeschnitten hatte, flüsterte sie: »Gib mir einfach meinen Stock und lass mich gehen. Ich sage auch niemandem ein Sterbenswörtchen. Versprochen.«

Er antwortete nur kurz mit Nein und konzentrierte sich darauf, ihr die schnürsenkellosen Schuhe überzuziehen.

»Dann heute Nacht, wenn alle schlafen.«

Er schüttelte den Kopf und dann fiel ihm ein, dass sie ihn nicht sehen konnte. Aber sie musste die Bewegung gespürt haben. Sie presste ihre Lippen aufeinander, bis sie eine dünne, weiße Linie waren.

Griffin ließ die Handtasche und den Stock auf dem Boden liegen und half Cheyenne aus dem Auto. Duke, der Fremde nicht gewohnt war, bellte plötzlich wie verrückt. Er warf sich in die Kette, bis sie komplett gespannt war.

Die meisten normalen Menschen wären zurückgewichen oder hätten versucht wegzurennen und Duke dadurch noch mehr gereizt. Cheyenne aber blieb mit zur Seite geneigtem Kopf stehen – völlig regungslos.

Der Hund wusste wohl nicht, was er davon halten sollte.

Griffin bezweifelte, dass er jemals einen Menschen getroffen hatte, der ihm nicht entweder mit Angst oder mit Fußtritten begegnet war. Fußtritte mit Stahlkappenschuhen. Duke hörte mit dem Bellen auf und beäugte Cheyenne, begleitet von einem tiefen Knurren, das aus seiner Kehle grollte. Roy starrte erst Duke an, dann glitt sein Blick zwischen dem Hund und Cheyenne hin und her. Soweit sich Griffin erinnern konnte, war es das erste Mal, dass Duke in der Gegenwart eines Fremden mit Bellen aufhörte.

Einfach gesagt: Duke mochte keine Veränderungen. Wenn ein Auto die Straße entlangfuhr, wussten sie das schon eine Weile, bevor es zu sehen war. Und es konnte auch niemand auf ihrem Grundstück rumlaufen, ohne dass Duke sich bellend und knurrend in seine Kette warf, so weit sie reichte. Der Hund ließ sich bloß von Roy und Griffin füttern, und das auch nur gerade so. Jeder andere, der zu nah kam, riskierte, dass er ein Körperteil verlor.

Roy hatte Duke nicht gekauft und ihn auch nicht aus einem Tierheim geholt. Er hatte ihn von einem Kunden bekommen, der alles Mögliche verkaufte. Der Typ hatte einen großen blutigen Verband am Oberarm gehabt und war auf Abstand zu Duke geblieben. Entspannt hatte er sich erst wieder, als er hinter dem Lenkrad seines Lastwagens saß und die Metalltür zwischen ihm und dem Hund lag.

Duke war genau die Art von Hund, nach der Griffins Dad gesucht hatte.

»Ruhig, Junge«, sagte Griffin jetzt in die Stille und tat so, als verhielt sich Duke wie immer. »Sie gehört zu uns.« Dann schubste er das Mädchen weiter. »Wir müssen dich ins Haus bringen.«

Sie liefen los. Griffin ließ seine Hand auf ihrem Arm.

»Was für ein Hund ist er?«, fragte Cheyenne so ruhig, als würden sie sich über das Haustier von jemandem unterhalten.

»Der? Halb Pitbull und halb Fleisch unbekannter Herkunft.«

Ausschließlich Muskeln und kein Herz.

In Wahrheit wusste Griffin nicht, was für ein Hund Duke war. Er sah aus, als wäre er aus einem halben Dutzend verschiedener Hunde zusammengesetzt worden, und von denen immer nur die hässlichsten Teile. Er hatte das kurze seidig glänzende Fell eines Pitbulls, war braun-gold gestromt, wobei die Narben seiner Kämpfe das Tigeraugenmuster verunzierten. Ein Ohr war aufgerichtet, und das andere hing runter. Seine Beine waren ein bisschen zu kurz und sein Schwanz passte überhaupt nicht zu solch einer Hundebestie, er war flauschig und geringelt. Mit seinem herabhängenden Augenlid sah Duke so hinterhältig aus, als würde er ständig etwas im Schilde führen.

Als sie jetzt Richtung Haus liefen, war Griffin merkwürdig froh, dass Cheyenne nicht sehen konnte, wie sie wohnten. Allein dass sie neben ihm war, genügte, damit er den ganzen Ort so sah, wie es vielleicht ein Fremder tun würde.

Es war lange her, dass ein Fremder hier gewesen war. Roy mochte Fremde nicht besonders.

Das Haus lag ein gutes Stück von der Straße entfernt. Am Ende der Zufahrt, wo Griffin den Escalade abgestellt hatte, stand die Scheune. Eine der Türen war offen. Drinnen gab es Kompressoren, Schweißwerkzeug, eine Hebebühne und einen verbeulten Tieflader. Meistens arbeiteten sie dort, aber die überschüssigen Sachen lagen auf dem Rasen verteilt. Nur dass es gar nicht wirklich ein Rasen war. Kahle Stellen wechselten sich mit Unkraut ab. Hier lag eine Stoßstange, da eine Autotür. Hinten am Zaun stand ein Minivan, der um seine Räder erleichtert worden war und eher wie eine zerdrückte Schuhschachtel aussah.

Vor langer Zeit, als Griffins Dad noch Arbeit gehabt hatte, hatte er an den Wochenenden neben anderen Dingen auch schon als Freizeitmechaniker gearbeitet. Dann wurde er gefeuert und eines ergab das andere, und TJ und Jimbo wurden seine Mitarbeiter, wenn man sie überhaupt so nennen konnte. ›Hehlerwerkstatt‹ hörte sich irgendwie organisiert an, wie ein Fließband der Diebe. Aber davon waren sie weit entfernt. Nimm ein paar Kerle mit keiner Frau in Sicht, tu Autos und Autoteile und Maschinen und Werkzeuge dazu, und du hast das Rezept für ein echtes Chaos.

Die Leute, die hier draußen wohnten, stellten ihre verrosteten Pick-ups einfach auf Blöcke in die Zufahrt oder ließen ihre alte Waschmaschine auf irgendeinem Feld in der Versenkung verschwinden. Griffins und Roys Zuhause sah nur ein kleines bisschen schlimmer aus als die der meisten anderen. Aber falls das Gesetz nach dem Rechten sehen würde, waren die meisten Arbeiten aus den Augen, aus dem Sinn. Die Scheune versteckte ihre Machenschaften vor neugierigen Blicken. Selbst von der Luft aus konnte niemand etwas entdecken. Und wenn von einem Fahrzeug erst einmal alle brauchbaren Teile abgeschraubt waren, holten TJ und Jimbo den Bagger raus und vergruben den Rahmen hinten auf dem Grundstück.

Westlich der Scheune stand das Haus. Es war ein paar

Jahrzehnte jünger als die Scheune, aber es brauchte schon so lange einen Anstrich, wie Griffin denken konnte. Die Farbe löste sich mittlerweile von der Wand und wellte sich in lange rostrote Streifen.

Hinter dem Haus erhoben sich bewaldete Hügel, wo niemand merkte, wenn man ein Reh außerhalb der Saison schoss. Zwischen den Nadelbäumen waren ein paar Laubbäume verstreut, die im Herbst orange und rot leuchteten, jetzt waren sie karg und kahl. Im Wald gab es hauptsächlich sattgrüne Kiefern und Douglastannen. Irgendjemandem gehörte das Land, der Regierung vielleicht oder einem reichen Typen aus dem Osten. Griffin hatte schon beide Versionen gehört. Aber wer auch immer der Eigentümer war, er war noch nie vorbeigekommen, und so fühlte es sich für Griffin an, als wäre es sein ganz privater Wald.

Cheyenne blieb an einer Kurbelwelle hängen und stolperte gegen Griffin.

»'tschuldigung, 'tschuldigung«, nuschelte er. Es war gar nicht so leicht, nach vorne zu schauen und gleichzeitig im Auge zu haben, über was sie stolpern könnte. Schuldbewusst lenkte er sie um ein kaputtes Getriebe, einen Scheibenwischer und einen Tankdeckel herum.

Sie kamen zu den Eingangsstufen. Gerade noch rechtzeitig sagte er: »Achtung Stufe.«

Geheimnisse in Waffen verwandeln

Das Haus roch muffig, nach Schimmel, Frühstücksspeckfett und nach Zigaretten. Die Böden waren blank. Durch das Geräusch ihrer Schritte wusste Cheyenne, dass sie aus Holz bestanden und nicht gefliest oder aus Linoleum waren. Sie schlurfte, damit sie den Widerhall von den Wänden hören konnte. Die Räume klangen klein.

Sie hätte ihre Hände gerne frei gehabt, damit sie ihren Bauch schützen konnte. Ständig stieß sie mit ihren Schienbeinen, Knien und ihrem Unterleib an Möbel und andere unbekannte Hindernisse. Manchmal konnte sie Dinge, die vor ihr lagen, fühlen, aber so wie Griffin sie weiterdrängte, blieb ihr dafür keine Zeit. Ihr Körper kartografierte das Haus schon nach blauen Flecken. Wenn Phantom bloß da wäre. Griffin führte sie ziemlich schlecht.

Griffin. Sie hielt seinen Namen ganz fest, wie ein Geschenk. Er hieß Griffin. Es gab jemanden an ihrer Schule, der so hieß, einen Zwölftklässler. Aber der Name war nicht sehr gebräuchlich. Wenn sie sich erst einmal befreit hätte – und sie würde sich befreien, sie musste einfach –, könnte sein Name genau der Hinweis sein, den die Polizei brauchte, um ihn und seine Familie zu finden und alle wegzusperren.

Dann wäre Griffin derjenige, der mit auf dem Rücken zusammengebundenen Händen vor sich hin stolpern würde.

Und dann gab es noch Griffins Dad. Was für ein Vater fand, dass es in Ordnung ist, wenn sein Kind unterwegs Autos klaute? Einer der beiden anderen Männer hatte seinen Namen gesagt, bevor sie gingen. Ray? Nein, Roy, so hieß er. Glaubte sie zumindest.

Alle Geheimnisse, an die sie kam, würde sie für sich behalten, beschloss Cheyenne. Vielleicht, ganz vielleicht, könnte sie sie in Waffen verwandeln. Ihre Blindheit zum Beispiel. Viele Blinde waren nicht vollkommen blind. Auch sie nicht. Ein bisschen konnte sie mit ihrem linken Auge sehen, und Griffin hatte davon keine Ahnung.

Die Ärzte hatten das, was ihr passiert war, eine Contrecoup-Verletzung genannt. Der Schlag hatte sie an ihrer Stirn getroffen, aber der Schaden war entstanden, als ihr Gehirn vom hinteren Teil des Schädels abgeprallt war.

Sogar jetzt noch, drei Jahre später, erinnerte sich Cheyenne an Gesprächsfetzen der Ärzte, als sie um ihr Bett gestanden hatten. Ihr Dad hatte bei ihr gesessen und geweint. Cheyenne hatte einen Schlauch im Hals gehabt, konnte also nicht sprechen. Es gab noch mehr Schläuche. In ihrer Nase und an ihren Armen. Sie hatte ihre Augen geschlossen gelassen und so getan, als würde sie schlafen, während die Ärzte erklärten, was für Verletzungen sie hatte und was sie bedeuteten.

»Verletzung am Occipitallappen«, »Schädigung des visuellen Kortex«, »Das Gefäßsystem im hinteren Teil des Hirns ist vernichtet«.

Das hieß, dass ihr zentrales Sehvermögen – der Teil, in

dem der hundertprozentige Schärfebereich lag und von dem die meisten Leute als Sehen sprachen – nicht mehr existierte. Ihr peripheres Sehvermögen existierte größtenteils auch nicht mehr. Ihr war lediglich ganz links außen ein Zehn-Grad-Schlitz ihres alten Gesichtsfeldes übrig geblieben. Aber das Problem mit dem peripheren Sehen war, dass die Sehschärfe nicht mehr 100 Prozent betrug, sondern nur noch zehn. So wie jeder am Rand seines Gesichtsfelds sah, nur dass das niemand wusste. Menschen können nur das scharf sehen, was sie fokussieren, und nicht das, was an den Rändern liegt. Das, was normale Leute auf sechzig Meter Entfernung erkennen konnten, sah Cheyenne bei einer Entfernung von sechs Metern – und auch das nur als kleinen Ausschnitt.

Sie konnte bloß ein wenig Farben und Formen unterscheiden, was meistens eher verstörend war als hilfreich. Wenn sie jetzt überhaupt noch irgendetwas sehen wollte, musste sie den Kopf davon wegdrehen. Es kam ihr vor wie eine Metapher, aber Cheyenne wusste nicht wofür.

Wenn sie sich auf diesen Rest ihres Sehvermögens konzentrierte, brachte es ihr nur Kopfschmerzen und nichts wirklich Brauchbares. Häufig schloss sie einfach die Augen oder setzte eine Sonnenbrille auf, weil die anderen sich so wohler fühlten. Sie mochten sich nicht mit jemandem unterhalten, der ihnen vielleicht oder vielleicht auch nicht genau in die Augen sah.

Der Klang ihrer Schritte veränderte sich. Es war noch enger geworden. Ein Flur. Es war kalt hier. Sie spürte, wie Griffin sich an ihr vorbeibeugte. Eine Tür öffnete sich knarrend. Griffin schubste sie weiter. Als sie drinnen waren, legte er seine Hände auf ihre Schulter und drehte sie zu sich.

»Setz dich. Da hinter dir steht ein Bett.«

Ein Bett. Die Vorstellung machte sie nervös. Vielleicht machte es Griffin ja auch nervös, seine Stimme wurde nämlich zu laut, wie so oft bei Sehenden, wenn sie mit ihr redeten.

»Kannst du meine Hände losbinden?« Sie hatte die Schultern nach vorne gebeugt und ließ ihre Stimme klein und schwach klingen. Sie wollte, dass er sie genau so sah.

Sie versuchte, nicht daran zu denken, wie klein und schwach sie tatsächlich war.

»Nein«, sagte er in einem Tonfall, der deutlich machte, dass sie nicht weiter zu diskutieren brauchten. »Setz dich einfach aufs Bett.«

Cheyenne bewegte sich langsam nach hinten, bis sie die Matratze in ihren Kniekehlen spürte. Sie setzte sich. Dann hörte sie, dass er aus dem Zimmer rannte, aber bevor sie irgendwie reagieren konnte, war er zurück. Er berührte ihren Fußknöchel. Bis dahin hatte sie nicht gemerkt, dass Griffin neben ihr in die Hocke gegangen war. Sie schrie kurz auf und schämte sich sofort dafür.

»Entschuldigung«, sagte er. »Ich muss dich bloß am Bett festbinden, damit du nicht abhaust.« Sie spürte, wie sich eng um einen ihrer Knöchel eine glatte Schnur legte. »Ich lass genug durchhängen, damit du dich hinlegen kannst.« Seine Hände banden den Knoten fertig, und dann zog er daran. »Passt. Du wirst jetzt eine Weile hier drinnen bleiben müssen. Falls du abhauen wolltest, schlag es dir am besten gleich aus dem Kopf. Wir sind meilenweit von allem weg. Und selbst wenn du es bis in den Hof schaffst, würde Duke dich mit einem Happs zum Abendessen fressen.«

Duke, dachte Cheyenne. *Griffin und Duke und Roy. Und sie machen hier am Ende der Welt was mit elektrischen Sägen. So einen Ort gibt es bestimmt nur einmal.*

»Bitte, Mister«, sagte sie, »dürfte ich ein Glas Wasser haben?«

So. Vielleicht würde Griffin ja denken, dass sie nicht wusste, wie er hieß, wenn sie ihn ›Mister‹ nannte. Cheyenne hustete absichtlich ein bisschen, was sich aber bald zu einem echten Husten entwickelte. Sie hustete und hustete, bis ihre Lunge schmerzte. Sie hörte, wie Griffin wieder ging, dann laufendes Wasser und seine zurückeilenden Schritte.

»Hier.« Er legte seine Hand auf ihren Hinterkopf und neigte das Glas zur ihren Lippen. Das meiste schwappte auf ihren Mantel, etwas lief an ihrem Hals lang. Cheyenne schluckte, würgte und spuckte. Ein bisschen was schaffte es ihre Kehle hinunter, die ziemlich brannte. Ungeschickt tupfte er ihr mit dem Schal das Gesicht ab.

»Du solltest dich hinlegen«, sagte er schließlich. Sie hörte, wie er das Glas abstellte. »Ich komm später wieder.«

Er schloss die Tür. Sie lauschte seinen Schritten nach, die sich im Flur verloren. Die Haustür wurde geöffnet und geschlossen. Sowie sie das hörte, rollte sie sich vom Bett und begann zu suchen. Mit dem angebundenen Bein konnte sie sich nicht weit vom Bett entfernen. Aber Cheyenne gebrauchte ihren freien Fuß. Sie drehte sich herum und flatterte mit ihren Fingern, die immer noch auf ihrem Rücken zusammengebunden waren, über alles, was sie erreichen konnte. Sie beugte sich so weit wie möglich nach vorne und steckte buchstäblich ihre Nase in die Sachen auf dem Schreibtisch. Zumindest glaubte sie, dass es einer war.

Sie wusste nicht, wonach sie suchte, und sie wusste auch nicht, was es ihr bringen würde, falls sie etwas fand. Aber Cheyenne brauchte irgendetwas. Etwas, das den Unterschied machte. Sie wusste, dass sie nicht auf ein Taschenmesser, ein Telefon oder eine Schere hoffen konnte. Aber selbst ein Stift wäre nicht schlecht. Einen Stift könnte sie verstecken und später jemanden damit niederstechen.

Das Zimmer war überraschend aufgeräumt und leer. Obwohl sie nicht wie Leute wirkten, die ein Gästezimmer hatten, war das vielleicht doch eins.

Das einzig Brauchbare fand Cheyenne auf dem Schreibtisch. Sie stieß mit der Nase dagegen und warf es dabei fast um. Das Glas! Sie angelte mit dem Kinn danach und zog das Glas an den Rand des Schreibtisches. Dann drehte sie sich um und fasste es mit den Fingern ihrer gefesselten Hände.

So brachte ihr das Glas nichts. Aber wenn sie es zerbrach? Sie klemmte den Rand zwischen Daumen und Finger ihrer rechten Hand. Ohne noch einmal groß darüber nachzudenken, drehte sie ihre Hand kurz und hart herum, bis das Glas gegen die Schreibtischkante krachte.

Das könnte die Lage ändern

Als Griffin zur Scheune zurückging, dachte er daran, dass er noch nie ein Mädchen in seinem Zimmer gehabt hatte, geschweige denn in seinem Bett.

Und es war ziemlich merkwürdig, jemanden ungeniert anzuschauen und dabei genau zu wissen, dass das Gegenüber keine Ahnung davon hatte. Man konnte glotzen, so lange man wollte, ohne Angst, dabei ertappt zu werden. Obwohl, wenn Cheyenne ihm nicht gesagt hätte, dass sie blind war, hätte er es wahrscheinlich nicht gemerkt. Wenn er redete, sah es so aus, als würde sie ihn direkt ansehen. Schon möglich, dass ihr rechtes Auge ein bisschen wegrutschte, aber das war dann auch alles. Sie hatte wunderschöne Augen, so dunkel, ganz Pupille.

Es war einfacher über ihre Blindheit nachzudenken als darüber, was er nun tun sollte. Wenn das Leben nur wie einer dieser Computer in seiner alten Schule wäre! Dann könnte er mit ein paar Klicks alles wiederherstellen, so wie es fünf Minuten vor dem Augenblick gewesen war, als er die Schlüssel gesehen hatte, die im Zündschloss des Escalades baumelten. Stattdessen hatte er eine unbesonnene Entscheidung nach der anderen gefällt und steckte jetzt in den Folgen fest.

JUGEND BÜCHER

Thienemann Verlag GmbH

THIENEMANN · GABRIEL · PLANET GIRL

www.thienemann.de

ISBN 978-3-522-20134-6
464 Seiten · 12,95 €

Ab 12

Alex Scarrow

TimeRiders
Wächter der Zeit

Liam O'Connor hätte 1912 an Bord der Titanic sterben sollen. Maddy Carter 2010 in einem Flugzeug über Amerika. Saleena Vikram 2026 bei einem Brand in Mumbai. Doch Sekunden vor dem Tod der drei taucht ein mysteriöser Mann auf und reicht ihnen die Hand – und nun sind sie Agenten einer streng geheimen Organisation, die nur eine Aufgabe hat: die Welt vor der Zerstörung durch Zeitreisende zu schützen.

ISBN 978-3-522-20131-5
352 Seiten · 14,95 €

Ab 12

Arthur Slade

Mission Clockwork
Gefahr für das britische Empire

London um 1860: Menschen verschwinden mitten aus London, technische Wunderwaffen verbreiten Angst. Die heißeste Spur führt zur Clockwork Guild, doch der letzte Beweis fehlt. Modo, gefährlichster Agent des Empire, wird auf den mysteriösen Geheimbund angesetzt. An seiner Seite Octavia – klug, mutig, schön. Können die beiden Topagenten den Kampf gegen das Böse gewinnen?

Griffin zündete die Zigarette an, die er vorhin wegen Cheyenne wieder weggesteckt hatte. Er konnte das Radio aus der Scheune hören. Der Schall schwebte durch die kühle Luft. TJ und Jimbo hörten, warum auch immer, gerne diesen rechten Talkshow-Moderator, der ständig über illegale Einwanderer, die Krankenversicherung und Schwule herzog. Griffin fand es fast lustig, wie sie ihm jedes Mal zustimmten und »Verdammt genau!« sagten, wo sie doch selbst zu den Typen gehörten, die der Radiomoderator wahrscheinlich, ohne zu zögern, eigenhändig aufgeknüpft hätte.

Unter seinen Füßen knackten vereiste Pfützen. Es hatte noch nicht geschneit, aber es würde bestimmt bald anfangen. Griffin mochte, wie der Schnee seine weiße Decke über alles legte und die Kanten weicher werden ließ. Zum Beispiel über die Überreste eines Autos – einem Honda, der um seine Reifen, Türbleche, Sitze und seine Anlage erleichtert worden war. Die Überreste lagen genau in der Mitte zwischen Haus und Scheune. Von Schnee bedeckt würden sie zu einer wunderschönen abstrakten Skulptur.

Sein Vater hatte den Escalade in die Scheune gebracht und inspizierte ihn nun von allen Seiten. Der Geländewagen war grün. Er hatte weniger als 15.000 Meilen runter. Der Diebstahl wäre ein echter Wurf gewesen. Es hätte seinem Vater gezeigt, dass er bei den Profis mitspielen konnte – wenn Cheyenne nicht auf dem Rücksitz gelegen hätte. Aber das war ein ziemlich großes Wenn.

»Änderst du die FINs?«, fragte Griffin. Die FIN – die Fahrzeugidentifikationsnummer – ist an verschiedenen Stellen in allen Autos angebracht. Im Grunde ist sie der Fingerabdruck des Autos. Aber man konnte die FIN von einem abgewrackten Auto für einen gestohlenen Wagen nehmen und so den Fingerabdruck eines gesuchten Autos mit einem sauberen austauschen.

Roy strich mit dem Daumen über seine Lippe. »Ich weiß nicht. Ist wahrscheinlich noch zu heiß dafür. Ich glaube, wir sollten einfach nur kurz ein paar neue Schilder draufklatschen, und dann kannst du ihn oben in Washington loswerden, im Wald oder so. Du könntest das alte Moped in den Kofferraum schmeißen, und wenn du da bist, schraubst du die alten Schilder drauf, verwischst alle Spuren und nimmst das Moped für den Rückweg. Lass ihn irgendwo, wo ihn niemand bis zum nächsten Frühjahr findet.«

»Wir könnten ganz leicht fünfzehn Riesen für ihn bekommen«, protestierte Griffin.

»Wir könnten ganz leicht fünfzehn *Jahre* für ihn bekommen.« Roys Stimme war schärfer geworden. »In Oregon gibt es eine Mindeststrafe für Entführungen und keinen Strafnachlass. Wenn irgendjemand rausfindet, dass wir damit was zu tun haben, stecken wir so was von in der Scheiße.« Sein Zorn war zurückgekommen, so wie Griffin es vorausgesehen hatte. »Und was zum Teufel willst du jetzt mit dem Mädchen anstellen?«

Sie lebten zwar schon lange jenseits des Gesetzes, aber es waren immer nur Eigentumsdelikte gewesen. Die Leute hier in der Gegend wussten wahrscheinlich, dass Roy eine seltsame kleine Karosseriewerkstatt führte. Aber hier draußen wurde nicht danach gefragt, warum sie nicht in den Gelben Seiten standen, kein Reklameschild hatten oder warum sie keine Laufkundschaft empfingen.

»Sie kann uns doch noch nicht mal sehen«, sagte Griffin.

»Also kann sie auch niemandem erzählen, wie wir aussehen. Sie weiß nicht, wie wir heißen. Sie hat keinen Schimmer, wo wir sind. Wir können das Auto behalten und die Nummernschilder und FINs austauschen. Und heute Nacht fahr ich sie irgendwo in die Pampa und schmeiß sie raus. Bis sie gefunden wird, bin ich längst weg.«

Aber Roy hörte Griffin nicht mehr zu. Er hielt eine Hand hoch, seine Augen wurden zu Schlitzen, während er auf das Radio horchte.

»Jetzt gleich in den Mittagsnachrichten: Die Polizei ermittelt in der dreisten Entführung der sechzehnjährigen Tochter des Nike-Präsidenten. Sie wurde heute Morgen um zehn Uhr im Woodlands Experience Einkaufszentrum entführt.«

Nike-Präsident?, dachte Griffin. Nike hatte als Laufschuhhersteller angefangen, produzierte aber inzwischen auch Kleider und Schuhe für alle möglichen Sportarten, oder für Leute, denen einfach die Klamotten gefielen.

Roy stellte das Radio lauter. Schweigend hörten sie zwei Werbespots, einen für eine Anwaltskanzlei, den anderen für Burgerville.

Dann war die Sprecherin wieder dran. »Nach Angaben der Polizei wurde die sechzehnjährige Cheyenne Wilder, Tochter von Nick Wilder, dem Nike-Präsidenten, heute Morgen kurz nach zehn Uhr im Woodlands Experience Einkaufszentrum entführt«, sagte sie atemlos. »Ihr Vater hat vor wenigen Minuten mit der Presse gesprochen.«

Eine Männerstimme war zu hören. Sie klang angespannt, aber geschäftsmäßig. »Meine Tochter ist blind. Bei einem Unfall vor drei Jahren hat sie nicht nur ihr Augenlicht, sondern auch ihre Mutter verloren. Cheyenne ist außerdem sehr krank. Genau genommen kam sie gerade aus der Arztpraxis, als sie entführt wurde. Wenn sie nicht sofort behandelt wird, könnte sie sterben.«

Die Sprecherin meldete sich zurück. »Die Polizei sagt, dass Cheyenne und ihre Stiefmutter an der Apotheke hielten, um das Rezept einzulösen. Danielle Wilder, die Stiefmutter, ging alleine hinein, zu diesem Zeitpunkt wurde das Mädchen entführt. Sie ist etwa 1,60 Meter groß, 53 Kilogramm schwer, hat braune Augen und langes dunkles, gelocktes Haar. Als sie zuletzt gesehen wurde, trug sie einen schwarzen Trainingsanzug und einen silbernen Daunenmantel. Das Auto ist ein dunkelgrüner Geländewagen Cadillac Escalade mit dem Nummernschild 396CVS. Es wurde berichtet, dass das Auto mit hoher Geschwindigkeit den Parkplatz verlassen hat. Leider konnte keiner der Augenzeugen genauere Angaben zum Fahrer des Wagens machen. Die Fahndung wurde ausgelöst und alle Medien benachrichtigt. Die Polizei bittet um ihre Mithilfe. Wer das Fahrzeug gesehen hat, melde sich bitte umgehend unter 9-1-1.« Die Sprecherin holte Luft. »Und nun zu den anderen Nachrichten …«

Roy stellte das Radio aus.

Griffin machte sich auf einen Wutanfall gefasst. Das Auto war nicht einfach nur heiße Ware, es brannte. Und das Mädchen wurde zu einem immer größeren Problem.

Aber Roy sah bloß nachdenklich aus. Er drehte sich um, spuckte Tabaksaft aus und wischte sich mit der Hand über den Mund.

»Präsident von Nike, ja?« Roy sah zum Haus. »Darüber sollten wir noch ein wenig nachdenken. Das könnte die Lage gewaltig ändern.«

Ein Mädchen stehlen

Das Glas prallte von der Schreibtischkante ab. Es zitterte zwischen Cheyennes Fingern, aber es zerbrach nicht. Mit zusammengebundenen Händen war es schwer, genug Kraft in die Bewegung zu legen, eine Bewegung, die nicht mehr als ein Schlenker ihres Handgelenks war. Und ein bisschen hatte sie auch Angst, sich zu schneiden.

Cheyenne nahm all ihre Kraft zusammen und holte noch weiter aus.

Mit einem hellen Klang prallte das Glas abermals ab und blieb auch diesmal heil.

Sie wusste, dass sie mehr zu befürchten hatte, als sich zu schneiden. Was diese Männer ihr vielleicht antun würden, wäre viel, viel schlimmer. Als sie das nächste Mal ausholte, nahm sie aus der Hüfte heraus Schwung und drehte ihr Handgelenk, so stark sie konnte.

Die Zeit verlangsamte sich. Cheyenne spürte den Aufprall und dann die sich ausbreitenden Sprünge, als das Glas riss und brach. Cheyenne hielt nur noch ein großes Stück in der Hand, die anderen fielen auf den Fußboden und sprangen zurück. Vorsichtig streckte sie die Finger ihrer leeren Hand aus und untersuchte die Scherbe, die sie in der anderen hielt.

Sie war ungefähr fünf Zentimeter lang und zweieinhalb breit. Die Ränder waren gebogen und sehr scharf. Cheyenne hatte Angst, sie auch nur anzutippen. Es war, als würde sie mit ihrer Fingerspitze über die Klinge eines Messers streichen, voller gefährlicher Verheißung. Sie konnte ihren Herzschlag in den Ohren spüren.

Was sollte sie als Erstes tun? Es würde am einfachsten sein, zuerst die Schnur zu zerschneiden, mit der sie am Bett angebunden war, aber ihre Hände wären dann immer noch auf dem Rücken gefesselt. Cheyenne beschloss also, sich zuerst den Schnürsenkel um ihre Handgelenke vorzunehmen.

Sie biss die Zähne zusammen und drehte ihre Hand, bis der Rand des Glases auf dem Schnürsenkel ruhte. Diese Stellung war schwer zu halten – fast unmöglich. Die Dehnung zog bis zu ihren Schulterblättern hoch. Dann wurde ihr klar, dass sie die Hand sogar noch weiter drehen musste, sonst würde sie sich womöglich neben dem Schnürsenkel auch noch das linke Handgelenk aufschneiden. Sie drehte sie herum und fing an zu sägen.

In ihrer Vorstellung war der Schnürsenkel weiß. Sie hatte nie jemanden nach der Farbe gefragt, aber Weiß war die einzige Farbe, die passte. Sie wusste, dass ihre Schuhe hellblau waren, und dass es Schnürsenkel – zumindest vor ihrem Unfall – meistens in Weiß, Braun oder Schwarz gab. Also war er wahrscheinlich weiß, und so stellte sie ihn sich auch vor.

Cheyenne »sah« noch immer Dinge, sogar welche, die sie vor ihrem Unfall noch nie zu Gesicht bekommen hatte. Und zwar besser als nur dieser kleine verschwommene Ausschnitt ihres Gesichtsfeldes, der ihr geblieben war. Sie wusste nicht, wie es denen ging, die von Geburt an blind waren. Aber ihr half es, wenn sie so tat, als könnte sie noch immer sehen, so als hätte sie einfach ihre Augen geschlossen und sobald sie sie öffnete, könnte sie die Welt jedes Mal wieder neu betrachten. Und es half ihr, sich gedankliche Pläne von Räumen und Gebäuden und sogar von ganzen Vierteln zu machen. Durch die Pläne konnte sie sich leichter frei bewegen, egal ob es ihr Zimmer zu Hause war (wo sie tatsächlich die meisten Dinge gesehen hatte, bevor sie ihr Augenlicht verlor) oder ihre Schule, oder wenn sie durch die Innenstadt von Portland ging (beides Orte, für die die Pläne zum Teil aus ihrer Vorstellung und zum Teil aus ihrer Erinnerung zusammengesetzt werden mussten).

In ihrer Vorstellung war der Schnürsenkel nun also weiß, der Bettpfosten, an dem sie festgebunden war, braun gestrichen und die weiche Steppdecke abwechselnd aus weißen und hellgelben Vierecken zusammengesetzt. Und selbst wenn sie den Kopf jetzt drehen und sich anstrengen würde, wäre das bisschen, das sie sehen konnte, wahrscheinlich nicht ausreichend, um irgendetwas davon zu bestätigen.

Die Ärzte hatten ihr gesagt, dass es eine gute Übung wäre, wenn sie so lange wie möglich an ihrem visuellen Gedächtnis festhielt und ihre Fähigkeiten trainierte. Weil sie als Sehende zur Welt gekommen war, fühlte sich Cheyenne noch immer so mit der Welt verbunden, wie es sehende Menschen waren. Wenn sie träumte, sah sie Farben und Gesichter, Möbel und Blumen – und erschrak jedes Mal, wenn sie aufwachte und ihr klar wurde, dass sie nichts von alldem sehen konnte. Tief in ihrem Innern hegte sie die Hoffnung, dass sie eines Tages wieder sehen könnte. Alle paar Monate las ihr

Vater ihr Geschichten aus der Zeitung über Experimente mit implantierten Computerchips vor. Danielle mochte das nicht. Er würde falsche Hoffnungen wecken, meinte sie. Aber Cheyenne hatte schon vor langer Zeit beschlossen, dass sie lieber falsche Hoffnungen haben wollte als gar keine.

Klar hatte sie gelernt, wie man sich mit einem Langstock fortbewegte. Sie hatte gelernt, mit einem Computer umzugehen, der mit ihr sprach. Sie hatte gelernt, wie sie ihre Kleider ordnete, damit sie nicht auf links gedreht waren oder überhaupt nicht zusammenpassten. Sie konnte kochen, essen, sich schminken, ihre Nägel lackieren und sich kämmen. Aber es machte jene Momente nicht wett, wenn sie über jemanden sprach, von dem sie annahm, er wäre nicht mehr im Raum – und er es dann doch war. Oder die Kassierer, die zwar sahen, wie Cheyenne die Kleider auf die Theke legte und ihre Geldbörse öffnete, sich dann aber an ihre Freundinnen Kenzie oder Sadie wandten. »Bezahlt sie mit Scheck oder mit Kreditkarte?« Als könnte sie nicht sprechen.

Es war kalt im Zimmer, aber Cheyennes Hände schwitzten, was es schwierig machte, das Stück Glas gut festzuhalten. Die Sehnen ihrer Handgelenke schmerzten. Aber Cheyenne verdrängte alles bis auf den Gedanken, dass ihre Hände bald frei sein würden.

Ein Geräusch ließ sie erstarren. Es hörte sich an, als wenn am anderen Ende des Hauses eine Tür aufging. Cheyenne erkannte Griffins Stimme und die von seinem Vater. Ihr blieben noch ein paar Sekunden, vielleicht weniger. Sie versuchte mit der Seite ihres freien Fußes die Glasscherben unter die Kommode zu fegen. Sie streckte ihre Hand so weit, bis es sich anfühlte, als ob ihr Handgelenk gleich brechen würde, und ließ die Glasscherbe gerade noch rechtzeitig in ihrer Manteltasche verschwinden. Als sie hörte, wie der Türknauf umgedreht wurde, saß sie wieder auf dem Bett. Kalter Schweiß rann ihren Rücken hinunter. Vor ihrem inneren Auge malte sie sich aus, wie noch ein paar Glasscherben mitten auf dem Boden lagen. Im Licht glitzerten, sie verrieten. Sie holte tief und zitternd Luft und sagte sich, dass sie jetzt nichts mehr tun konnte.

Die Tür ging auf. Die ersten Worte waren eine Überraschung.

»Warum hast du mir nicht gesagt, wer du bist?«, wollte Griffin wissen.

Cheyenne war verwirrt. Jetzt, wo sie sich nicht länger so verbissen darauf konzentrierte, wie sie ihre Fesseln lösen konnte, brachen Erschöpfung und Übelkeit wie eine Welle über ihr zusammen. »Ich habe es dir gesagt. Ich bin Cheyenne Wilder.«

»Aber du bist die Tochter vom Nike-Präsidenten«, sagte Roy.

»Woher wissen Sie das?« Die meiste Zeit versuchte sie, diese Tatsache herunterzuspielen. Sogar in der Privatschule, auf die sie ging, wo all die anderen Eltern Rechtsanwälte oder Ärzte waren, verhielten sich alle so, als wäre das, was ihr Vater machte, was ganz Besonderes. Dabei bedeutete es einfach nur, dass er viel unterwegs war und die ganze Familie von Kopf bis Fuß in Nike-Sachen herumlief, und in Sachen von Harley, Converse und Cole Haan. Und manchmal traf sie berühmte Sportler.

»Da ist was über dich im Radio gelaufen«, sagte Griffin. »Dein Dad hat gesagt, dass du so krank bist, dass du sterben könntest. Ich hab gedacht, du hast bloß eine Erkältung oder so was.«

Ihr Dad! Cheyennes Brust tat schrecklich weh. Sie wusste nicht, ob es von der Lungenentzündung kam oder weil sie weinen musste. Sie wünschte, sie könnte die Stimme ihres Dads hören. Wenigstens eine schöne Sache hören an diesem schrecklichen Tag.

Roy kam näher. Er roch ekelhaft. Sie schnupperte noch einmal. Pfefferminze, die den Tabakgeruch übertünchte. Ein Footballer in der Schule kaute immer welchen, aber der scharfe Pfefferminzgeruch verdeckte nicht den erdigen, Brechreiz verursachenden Tabakgeruch. »Wie krank bist du denn?«

Cheyenne war hin- und hergerissen. Am liebsten wollte sie so tun, als wäre alles in Ordnung. Bloß keine Schwäche zeigen. Aber dann fiel ihr ein, was sie vorhin gedacht hatte, als sie mit Griffin alleine gewesen war. Es war wahrscheinlich besser, wenn sie wussten, dass sie krank war. Vielleicht würden sie sie dann nicht so streng bewachen und häufiger alleine lassen. Sie würden glauben, dass sie zu schwach wäre, um ihnen irgendwie gefährlich zu werden.

»Ich habe eine Lungenentzündung. Deswegen waren wir bei der Apotheke – um das Antibiotikarezept einzulösen.«

»Und deine Mom hat dich im Auto gelassen«, sagte Griffin.

Cheyenne schüttelte ihren Kopf. Plötzlich schien die Unterscheidung wichtig zu sein. »Danielle ist meine Stiefmutter. Meine richtige Mutter ist tot. Danielle hat die Schlüssel stecken lassen, falls mir kalt wird.« Sie dachte kurz daran, wie sie Danielle angefleht hatte, die Schlüssel dazulassen, und schob den Gedanken dann beiseite.

»Tja, jetzt brauchen wir ihre Nummer und die von allen anderen auch«, verlangte Roy. »Die Handynummer von deinem Dad und deiner Stiefmutter, die Festnetznummer und die vom Arbeitsplatz. Und wir wollen wissen, wie viel dein Daddy deiner Meinung nach rausrückt.« Er machte eine Pause, damit es ankam. »Und hier noch ein Tipp: Es sollte besser eine Menge sein.«

Cheyenne hatte geglaubt, dass Griffin nur ein Auto stehlen wollte. Aber nun sah es ganz so aus, als wollte er auch ein Mädchen stehlen.

Umgangsformen bei Entführungen

Cheyenne sah ängstlich aus. »Die meisten Nummern sind in meinem Handy gespeichert.« Ihre Stimme war rau. »Es ist sprachgesteuert. Ich sag einfach, wen ich anrufen will, und dann wählt es für mich.«

»Also ist es im Auto?« Roy drehte sich zur Tür.

»Ich hab es aus dem Fenster geworfen.« Hoffentlich würde Roy nicht wütend werden, dachte Griffin. Es war gar nicht so leicht, immer richtig einzuschätzen, was seinen Vater zum Explodieren brachte. »Es hat geklingelt und ich hatte Angst, dass sie es aufspüren könnten. Also habe ich es in ein Gebüsch auf ein Baugelände in der Nähe vom Einkaufszentrum geworfen.«

»Da ist was dran«, sagte Roy und nickte. Dann wandte er sich an Cheyenne. »Sag mir einfach alle Nummern, die du noch weißt.«

»Meine Nummer von zu Hause ist fünf null drei –«

»Langsam, langsam«, sagte Roy. Griffin sah, dass sein Dad kein Blatt Papier oder sonst irgendwas zum Schreiben hatte. Roy ging raus und wühlte in der Kramschublade in der Küche herum.

Griffin war mit Cheyenne alleine.

Sie sah nicht gut aus, fand Griffin. Ihre Wangen waren rot, aber der Rest ihres Gesichts war bläulich weiß, wie entrahmte Milch. Und dann fing sie wieder mit Husten an. Starker, feuchter Husten, als würde etwas in ihrer Brust reißen. Man konnte die Sehnen an ihrem Hals sehen. Griffin drehte sich zum Schrank, um Cheyenne noch etwas Wasser zu geben, aber das Glas stand nicht mehr da. Obwohl er sicher war, dass er es dort hatte stehen lassen. Er ging in die Küche, ein anderes holen. Auf dem Weg kam ihm Roy mit einem Bleistiftstummel und einem Stück abgerissenem Papier entgegen.

Die Küche sah aus wie immer. Aber die Vorstellung, was Cheyenne davon halten würde, wenn sie den Raum sehen könnte, ließ ihn die Küche mit anderen Augen betrachten. In der Spüle stapelte sich dreckiges Geschirr. Auf dem Herd stand auf jeder Kochstelle eine Pfanne, in der irgendwelche Essensreste am Boden klebten. Die Arbeitsplatte war mit leeren Konservendosen, geöffneten Cornflakes-Schachteln, umgekippten Bierflaschen und überquellenden Aschenbechern vollgemüllt. Hier wurde nur gespült, wenn Griffin so angeekelt war, dass er es nicht länger ertrug. Dumm daran, dass er gelegentlich aufräumte, war bloß, dass Roy es inzwischen von ihm erwartete.

Es standen keine sauberen Gläser mehr im Schrank, also nahm Griffin eines, das nicht allzu schmutzig aussah, und spülte es aus, bevor er kaltes Wasser hineinlaufen ließ. Als er damit ins Zimmer zurückkam, würgte Cheyenne gerade Telefonnummern hervor, die sein Dad aufschrieb. Griffin wartete, bis sie fertig waren.

Nachdem Roy die letzte Nummer aufgeschrieben hatte, ging er aus dem Zimmer und winkte Griffin mit sich.

»Du bleibst hier und passt auf sie auf«, sagte er im Flur leise zu Griffin. »Ich muss einen Vertrag für ein Handy abschließen, das nicht geortet werden kann. Und dann werde ich ein paar Anrufe machen.«

»Kann ich nicht mitkommen?«

»Jemand muss bei ihr bleiben.« Roy ruckte mit seinem Kinn in Cheyennes Richtung. Sie schien zu ihnen zu starren. Griffin fragte sich, wie viel sie wohl hören konnte. Hieß es nicht immer, dass die anderen Sinne schärfer wurden, wenn man blind war?

Roy lief den Flur hinunter und Griffin ging in sein Zimmer zurück. »Ich hab dir noch etwas Wasser geholt.«

Sie antwortete ihm nicht sofort. Er hörte, dass die Haustür ins Schloss fiel, und begriff, dass sie darauf gewartet hatte. Darauf, dass sie allein waren.

»Du musst meine Hände losbinden, damit ich selber trinken kann.« Es war unheimlich, wie ihre dunklen Augen ihn anstarrten. »Das letzte Mal bin ich fast erstickt.«

Er überlegte, ob es ein Trick war. Aber ihr Fuß war am Bett festgebunden. Und sie würde in einem fremden Haus wohl kaum weiter als ein paar Meter kommen, bevor er sie überwältigt hätte. Dann dachte er daran, wie sie sich im Auto gegen ihn gewehrt hatte.

»In Ordnung. Aber vergiss nicht, dass ich noch immer die Pistole habe. Wenn du auch nur dran denkst, was anzustellen, erschieß ich dich.« Seine Worte waren so klischeehaft, dass er Angst hatte, laut loszulachen, als er sie aussprach. Aber stattdessen klang er abgebrüht. Es hörte sich echt an. Furcht einflößend.

Irgendwie mochte er das.

Griffin holte sein Taschenmesser raus – seine Finger streiften dabei den Griff des Zigarettenanzünders – und er zerschnitt den Schnürsenkel um Cheyennes Handgelenke. Sie musste ihre Hände hin- und hergedreht haben, denn der Schnürsenkel war ausgefranst. Eine Weile rieb sie ihre Handgelenke. Zuerst dachte er, sie würde absichtlich übertreiben, aber dann sah er die roten Linien darum.

Griffin gab ihr das Glas in die Hände, sie trank es in einem Zug aus und hielt es ihm dann wieder hin. »Kann ich bitte noch mehr haben?«

Er wollte erst Nein sagen, überlegte es sich dann aber anders. Also ging er in die Küche und ließ das Wasser laufen. Dann flitzte er auf Zehenspitzen zurück und beobachtete Cheyenne. Er hatte geglaubt, dass sie wahrscheinlich versuchen würde, ihren Fuß loszubinden, aber sie rieb sich noch immer die Handgelenke. Niedergeschlagen sah sie aus. Unerwarteterweise enttäuschte ihn das. Er ging zurück in die Küche und füllte das Glas endlich ganz auf.

Während Cheyenne trank, knurrte Griffins Magen so laut, dass sie ihren Kopf in seine Richtung drehte. Er schaute auf den Wecker neben dem Bett. Es war fast ein Uhr. »Ich mach mir was zum Essen. Hast du Hunger?« Die Frage war total abwegig. Gab es Umgangsformen, wie man jemanden behandelte, den man entführt hatte?

Cheyenne zuckte mit den Schultern. »Glaub schon.«

In der Küche durchsuchte er den Kühlschrank nach etwas Essbarem.

Es gab eine Packung Würstchen, die noch nicht angebrochen war. Sie hatten zwar keine Brötchen mehr, aber immerhin noch Brot.

Alle paar Minuten schlich er zu Cheyenne zurück, um nach ihr zu sehen, aber sie hatte sich kein einziges Mal bewegt.

Hoffnung und Furcht

Cheyenne klemmte sich die Coladose zwischen die Knie, damit sie sie gleich wiederfinden konnte. Das war einfacher, als wenn sie mit der Hand so lange über den Tisch fuhr, bis sie mit den Fingerrücken dagegenstieß. Griffin hatte ihren Fuß losgebunden und dann hatte er sie hierhergebracht, wahrscheinlich ins Esszimmer. Diesmal hatte er ihren Fuß an einer Sprosse des Stuhls festgemacht, auf dem sie saß. Cheyenne war sicher, dass sie sich losbinden könnte, wenn sie nur genug Zeit hätte. Aber wann würde sie schon genug Zeit haben?

Bevor sie sich überhaupt an den Tisch setzen konnten, musste Griffin erst einmal einigen Krempel zur Seite schieben, was nur bestätigte, was Cheyenne schon über das Haus vermutete. Diese Menschen lebten zwar hier, aber es war nur ein Haus, kein Zuhause. Niemand kümmerte sich darum. Abgesehen von dem Zimmer, in das Griffin sie zuerst gebracht hatte, schien alles andere versifft. Wenn er sie herumführte, musste er sie mal auf die eine oder andere Seite reißen, Sachen aus dem Weg treten, während er leise fluchte.

In ihrer rechten Hand hielt sie eine zusammengeklappte Scheibe Brot, in der ein heißes Würstchen klemmte. Das

Würstchen war lange gekocht worden, sodass es geplatzt war. Das Brot war nicht mal getoastet. Auch egal, sie hatte eh keinen Hunger. Und es war einfacher zu essen als etwas, wofür sie Messer und Gabel brauchte. So musste sie ihr Besteck wenigstens nicht über den Teller kratzen, damit sie rausbekam, wo das Essen lag. Sie hatte es nie gemocht, mit jemandem zusammen zu essen, außer mit ihrem Dad und Danielle. Was, wenn sie sich mit Soße vollkleckerte oder fröhlich vor sich hin grinste, während etwas Grünes zwischen ihren Zähnen steckte?

»Wenn du isst, woher weißt du, wo das Essen liegt?«, fragte Griffin.

»Mein Dad sagt es mir gern, als wäre er ein Kampffliegerpilot. So in die Richtung«, jetzt sprach sie mit tiefer Stimme, »die Erbsen sind auf elf Uhr, der Hackbraten ist auf der Zwei, und auf sieben Uhr kommt der Kartoffelbrei.«

Griffin lachte. Für einen Moment hatte Cheyenne vergessen, dass sie sich nicht mit einer Freundin wie Sadie oder Kenzie unterhielt. Aber nur für einen Moment.

Sie redete mit vollem Mund weiter. »Er hat mir mein Essen immer klein geschnitten, weil er Angst hatte, dass ich mich verschlucke. Was ziemlich peinlich ist, besonders, wenn wir unterwegs sind.« Insgeheim hoffte Cheyenne, dass die Leute sie für einen sehenden Menschen hielten. In Restaurants oder Kinos legte sie ihren Blindenstock immer dorthin, wo niemand ihn sehen konnte. Jeder sagte ihr, dass sie gar nicht blind aussah, sondern »normal«. Wenn sie ihren Blindenstock versteckte, redeten die Leute mit ihr und nicht zu ihren Begleitpersonen. Wenn sie herausfanden, dass sie blind war, änderte sich das sofort. Cheyenne hatte es satt, dass die Kellner erst alle anderen Bestellungen aufnahmen und dann sagten: »Und was darf ich ihr bringen?«

»Ich schätze mal, dass es trotzdem schwierig ist, das Essen auf dem Teller zu finden, selbst wenn dir jemand sagt, wo alles liegt.«

»Deswegen bringe ich mir mein Mittagessen auch selbst mit in die Schule. Dann packe ich es einfach aus und esse eins nach dem anderen. Und weil ich es mir selber mache, weiß ich genau, was ich habe.«

Ein weiterer Grund, warum Cheyenne sich ihr eigenes Mittagessen mitnahm, war, dass sie nicht wollte, dass jemand ihr Tablett für sie trug. Die Leute mussten ihr so schon genug helfen. Sie mochte es nicht, dass sie mehr bekam, als sie zurückgeben konnte. Sie machte sich im Kopf eine Strichliste von denen, die ihr halfen, damit alles einigermaßen ausgeglichen blieb. Wenn sie Kenzie bei einem Aufsatz für Englisch half, war es okay für sie, Kenzies Angebot anzunehmen und sich von ihr nach Hause fahren zu lassen.

»Weißt du was?«, sagte Griffin. »Ich habe gerade die ganze Zeit, während du geredet hast, versucht mit geschlossenen Augen zu essen. Es ist schwerer, als ich gedacht habe.«

Cheyenne verkniff sich eine sarkastische Bemerkung. Manche Leute machten das. Sie schlossen für ein paar Sekunden die Augen und dachten, es würde ihnen einen Einblick geben, wie es für sie sein musste. Nur dass die Leute zum Schluss immer wieder ihre Augen öffnen und sehen konnten.

Stattdessen sagte sie: »Weißt du, was ich vermisse? Wenn man zum Beispiel eine Ofenkartoffel mit überbackenem Käse hat, aber der geschmolzene Käse sitzt nur auf einer

Stelle? Wenn ich sehen könnte, würde ich den Käse verteilen, damit ich bei jedem Bissen etwas davon abbekomme. Oder wenn ich bei einem Auflauf etwas nicht mag, zum Beispiel grüne Paprika, könnte ich die rauspicken. Jetzt esse ich normalerweise das, was auf meiner Gabel landet, egal ob ich es mag oder nicht.«

Alles, was Cheyenne erzählte, stimmte, aber es war auch eine Maske, eine Lüge, mit der sie Griffin in Sicherheit wiegen wollte. Sie hatte Roys Auto starten und wegfahren hören. Seitdem war es ruhig. Keine Motorengeräusche, keine kreischenden Sägen. Selbst der Hund bellte nicht.

Es gab also nur noch sie und Griffin. Zumindest im Haus. Vielleicht hatte sie ja Glück und die anderen waren auch nicht mehr auf dem Grundstück. Wie viele andere es auch immer sein mochten. Als sie wie paralysiert im Auto gelegen hatte, waren da vier Stimmen gewesen – Griffin, sein Vater und zwei weitere Männer. Natürlich konnten trotzdem noch mehr Männer da sein, vielleicht hatten sie nur nicht gesprochen. Als sie zum Haus gelaufen waren, hatte sie gehört, wie ein Wagen weggefahren war. Cheyenne hoffte, es bedeutete, dass die anderen beiden Männer inzwischen auch verschwunden waren.

Sie war also ziemlich sicher: Griffin und sie waren alleine. Aber wie lange würde es dauern, bis einer der drei Männer zurückkäme? Dies konnte ihre einzige Chance sein.

Sie steckte sich das letzte Stück Wurst in den Mund und schob das Essen in eine Wange. Sie versuchte so normal wie möglich zu klingen. »Ich muss mal auf die Toilette«, murmelte sie.

»Geht klar. Wart mal. Ich binde dich los.«

Er kniete sich neben sie. Cheyenne überlegte kurz, ob wohl ein Messer auf dem Tisch lag. Hätte sie die Kraft – psychisch und physisch – es zwischen seine Schulterblätter zu rammen? Wäre sie in der Lage, jemanden umzubringen, wenn ihr eigenes Leben nur an einem seidenen Faden hing? Und hing ihr Leben an einem seidenen Faden? Vielleicht würden diese Männer Lösegeld verlangen und sie dann gehen lassen. Aber wäre es nicht genauso möglich, dass sie einfach das Geld nehmen würden und sie trotzdem nicht zurückbrachten?

Griffin hatte ihren Knöchel losgebunden, dann half er ihr auf und begleitete sie durch den Flur. Er öffnete eine Tür. »Das Waschbecken ist rechts von dir, die Badewanne links und das Klo ist ganz hinten rechts.«

»Ich dreh das Wasser im Waschbecken ein bisschen auf«, sagte Cheyenne. »Für meine Privatsphäre.« Sie betonte *Privatsphäre*. Hoffentlich war es ihm ein wenig peinlich. Hoffentlich würde er weit von der Tür wegbleiben.

Als Griffin die Tür hinter Cheyenne zumachte, legte sie die Hand auf den Knauf und schob den Riegel zu, sobald die Tür ins Schloss gefallen war. Falls Griffin es gehört hatte, würde er glauben, sie wollte einfach nur sicherstellen, dass sie alleine war; was sie wollte. Aber nicht wofür er dachte. Der Riegel würde ihr nicht lange helfen. Nicht mehr als ein, zwei Minuten. Aber vielleicht würde eine Minute ja genügen.

Mit ausgestreckten Händen lief Cheyenne direkt nach hinten. Ihre Füße tasteten sich immer ein kleines Stück weiter vor, damit sie nicht über ein schmutziges Handtuch oder die Standsäule des Waschbeckens stolperte. Auf der linken Seite streiften ihre Finger einen Plastikduschvorhang. Als sie das Waschbecken gefunden hatte, wartete sie kurz und drehte dann das Wasser auf. Nicht voll, aber genug, dass es kleine Geräusche überdeckte.

Griffin hatte nichts von einem Fenster gesagt, aber noch bevor sie es erreichte, konnte sie spüren, wie sich die Luft veränderte. Die Scheibe war kalt, als sie sie berührte. Cheyenne war sich sicher, dass es eine dieser Wabenglasscheiben war, die das Dahinterliegende undeutlich machten, aber nicht vollständig verdeckten. War genau jetzt jemand auf der anderen Seite und sah ihre Hand in Stücke unterteilt, wie bei einem Kaleidoskop? Sie drehte den Kopf und strengte ihr linkes Auge an, aber alles, was sie sah, waren ihre Finger, die wie ein verschwommener Seestern aussahen.

Was lag auf der anderen Seite des Fensters? Sie spürte den Umrissen nach und hielt inne, als sie in der Mitte des Fensters, ungefähr auf Augenhöhe, eine Unterteilung fand. Und, wie ihre Finger ihr sagten, auch noch eine Verriegelung in Form eines Halbmondes. Irgendetwas in ihr löste sich ein winziges bisschen, als sie die Verriegelung drehte und sie sich ein wenig bewegte. Sie hatte es gehofft und gleichermaßen gefürchtet.

Cheyenne verfolgte im Kopf den geschlängelten Weg, den sie gegangen waren, als sie aus dem Auto gestiegen waren. Diese Fähigkeit hatte sie sich in den letzten drei Jahren angeeignet. Bevor sie ihr Augenlicht verloren hatte, konnte sie sich nicht mal darauf verlassen, dass sie links von rechts richtig unterschied. Eines der ersten Dinge, die ihr der Orientierungs- und Mobilitätstrainer nach dem Unfall beigebracht hatte, war, dass sie sich immer, immer, immer an den Himmelsrichtungen orientieren sollte.

Inzwischen war es ihr in Fleisch und Blut übergegangen. Es war wie ein Computerprogramm, das im Hintergrund lief und sofort abrufbar war, wenn sie wissen wollte, ob sie nach Osten, Westen, Süden oder Norden schaute. Als sie aus dem Auto gestiegen war, hatte sie die Sonne im Rücken gespürt. Also musste das Osten gewesen sein, weil die Sonne zu diesem Zeitpunkt noch immer aufging. Zum Haus waren sie mehr oder weniger genau Richtung Westen gelaufen. Ein Schlafzimmer lag im hinteren Teil des Hauses – also noch weiter im Westen – und daneben war das Bad, in dem sie jetzt stand.

Auf der anderen Seite des Fensters war – tja, was? Keine Männer, keine elektrischen Werkzeuge, kein Zufahrtsweg. Wahrscheinlich auch keine Nachbarn, sonst hätte Griffin sie wohl kaum mit auf dem Rücken zusammengebundenen Händen draußen rumlaufen lassen. Vor ihnen war alles ruhig und still gewesen. Keine Geräusche. Keine Gerüche. Bis auf den Duft nach Kiefernnadeln.

Wer wusste, ob jemand sie vielleicht gerade beobachtete oder ein Strauch vor dem Fenster stand, der es verdeckte? Wer wusste, ob sie nicht gleich auf ein Hindernis stoßen würde – vielleicht dieser wild gewordene Hund, ein Stacheldrahtzaun oder ein Mann mit Fäusten, oder noch schlimmer mit einer Pistole – wenn sie es überhaupt schaffen würde, rauszukommen? Wer wusste, ob Griffin nicht einfach die Tür aufbrechen würde, zum Fenster rannte und ihr in den Rücken schoss?

Aber es blieb keine Zeit zum Nachdenken, keine Zeit zum Zögern.

Cheyenne holte tief Luft und schob das Fenster nach

oben – betend, dass Griffin das leise Klappern über das gluckernde Geräusch des in den Abfluss fließenden Wassers nicht hörte. Das Herz schlug ihr bis zum Hals. Sie kämpfte gegen den Hustenreiz an und stopfte das Ende der Schnur in ihren Socken, damit sie nirgendwo hängen blieb. Jetzt musste alles schnell gehen. Sie klappte die Klobrille und den Klodeckel runter, kletterte darauf und stützte sich mit den Händen auf das Fensterbrett.

Einem Hirngespinst nachjagen

Cheyenne war schon ziemlich lange im Bad. Aber Griffin wollte sich nicht vor der Tür herumdrücken. Er wollte nicht wie ein Perverser aussehen. Also lief er den kleinen Hausflur auf und ab.

Schließlich klopfte er vorsichtig an die Tür. Keine Antwort. Er rief und klopfte lauter.

Erst jetzt fiel ihm das Fenster hinten im Bad ein. *Scheiße!* Er drehte den Türknauf, aber es war abgeschlossen. Griffin erinnerte sich, dass er gehört hatte, wie sie den Riegel vorgeschoben hatte und wie er dachte, dass sie schüchtern war, immerhin hatte sie auch das Wasser laufen lassen. Jetzt wusste er, dass sie ihn zum Narren gehalten hatte.

Er rammte seine Schulter gegen die Tür. Seine Zähne schlugen durch die Wucht aufeinander, aber die Tür hielt. Er spannte seine Muskeln an und trat seitwärts gegen die Tür, wie so ein Kung-Fu-Typ aus dem Fernsehen. Er trat einmal, zweimal und dann beim dritten Mal knackte etwas und die Tür sprang auf.

Ein Schwall kalter Luft traf ihn ins Gesicht. Ein Wunder, dass die Kälte nicht schon vorher unter der Türschwelle durchgekrochen war und ihn alarmiert hatte, so kalt, wie es war. Das Badezimmerfenster stand weit offen. Griffin rannte hin und sah hinaus. Draußen war nichts zu hören. Es wehte kein Lüftchen, selbst die Kiefernnadeln zitterten nicht. Der Wald begann in ungefähr sechs Meter Entfernung vom Haus. So lange hatte er sie dann auch nicht im Bad allein gelassen. Selbst wenn Cheyenne im schlimmsten Fall bis tief in den Wald gelaufen war, müsste er sie immer noch durchs Unterholz brechen hören. Aber es war komplett still.

Wie war das möglich? Na ja, er hatte ja schon gemerkt, wie trittsicher sie war. Jeden Fuß setzte sie so vorsichtig auf wie eine Katze und zog ihn sofort zurück, wenn sie merkte, dass etwas nicht ganz stimmte.

Auch wenn er sie nicht sehen konnte, weit konnte sie nicht sein. Je eher er ihr hinterherging, desto schneller würde er sie kriegen. Er musste sie zurückbringen, sie wieder anbinden und überzeugen, dass sie Roy nichts davon erzählen durfte. Denn wenn sein Dad das herausbekam, würde er Griffin grün und blau schlagen. Und Cheyenne wahrscheinlich auch. Aber dafür musste Griffin sie erst mal finden und zurückbringen. Wenn er sie nicht fand – er wollte lieber nicht darüber nachdenken, was dann geschah.

Er musste sich beeilen und sie finden, bevor sie sich verletzte. Wenn sie ganz zerkratzt zurückkäme, wäre es schwieriger, die Sache zu vertuschen. Ein Ast konnte sie am Hals erwischen oder ins Auge stechen. Oder sie würde sich auf dem unebenen Boden den Fuß verstauchen.

Im Moment lief sie wahrscheinlich so schnell durch den Wald, wie sie nur konnte, weil sie wusste, dass ein bisschen Zeit ihr einziger Vorteil war. Widerwillig empfand er Respekt.

Griffin stieg auf die Toilette und hielt sich am Fensterrahmen fest. Gerade als er das Bein rausschwingen wollte, ließ ihn ein winziges Geräusch zur Badewanne schauen. Da er jetzt gut einen halben Meter höher stand, konnte er genau über den blauen Duschvorhang mit seinen ausgeblichenen grünen und gelben Seepferdchen blicken.

Und was er sah, war Cheyenne, die in der Badewanne kauerte. Versteckt hinter dem Duschvorhang.

Sie hatte die Hände auf den Mund gepresst und hielt das Gesicht nach oben. Ihre Augen schienen ihn genau zu fixieren, und es war absolut seltsam, dass sich ihr Gesichtsausdruck nicht änderte, als er sie direkt anschaute. Sie war nicht vollkommen reglos. Ein leichtes Beben lief durch ihren Körper, es sah fast so aus, als würde sie zittern. Es war klar, dass sie mit jeder Faser ihres Körpers horchte. Darauf wartete, dass er aus dem Fenster sprang und einem Hirngespinst nachjagte. Während sie – ja was eigentlich? Ein Telefon fand und sich in einem Zimmer einschloss? Aus der Haustür rannte und die Straße suchte? Oder sich sogar im Haus versteckte und hoffte, dass sie hier nie nach ihr suchen würden?

Als Griffin halb vor, halb hinter dem Fenster balancierte, hörte er, wie plötzlich das Geräusch von zwei hintereinanderfahrenden Autos die kristallklare Luft zerschnitt. Es waren der Honda und der Pick-up, was fast so übel war, als wenn es Roys Suburban gewesen wäre. TJ und Jimbo waren zurück.

In ein paar Minuten würden die beiden im Haus sein. Sie würden Cheyenne begaffen wollen und darüber sprechen, was sie am Einkaufszentrum gesehen hatten. Sie würden damit prahlen, wie mutig sie gewesen waren.

Griffin zog in einer einzigen fließenden Bewegung sein Bein zurück und sprang. Nicht aus dem Fenster, sondern in die Wanne. Es klang wie eine Batterie Knallfrösche, denn die Ringe des Duschvorhangs brachen und der Vorhang riss unter Griffins Gewicht ab. Cheyenne wand sich verzweifelt unter dem feuchten, sauer riechenden Duschvorhang. Griffin schlang seine Arme um ihren eingehüllten Körper. Solange er noch konnte, bevor die beiden Männer also die Motoren ausgestellt und ihren Weg ins Haus gefunden hatten, ging er das Risiko ein und schrie sie an.

»Hör mir zu!« Er drängte sie gegen die gekachelte Wand. Ihr Kopf schlug dumpf dagegen. »Hör zu! In einer Minute werden diese Typen da sein. Und wenn sie herausfinden, dass du abhauen wolltest, werden sie es Roy erzählen. Und er wird uns das Leben zur Hölle auf Erden machen.« Er schüttelte sie. Sie musste das einfach kapieren. »Das Leben von uns beiden. Willst du zusammengeschlagen und an allen vieren gefesselt werden? Willst du das?«

Der Duschvorhang rutschte von ihrem Gesicht. Ihre Lippen waren wie zu einem Zähnefletschen zurückgezogen. »Ich weiß, wie du heißt. Du heißt Griffin. Und jetzt weiß ich auch ganz sicher, dass dein Vater Roy heißt. Wenn ich das der Polizei erzähle, finden sie euch sofort.«

Griffin packte Cheyennes Oberarme, ganz fest, und lockerte seinen Griff auch nicht, als sie vor Schmerz aufschrie.

»Willst du unbedingt sterben?«, zischte er ihr zu. »Ist es das, was du willst? Wenn du meinem Dad so ’n Zeug erzählst, wird er dich bestimmt nicht gehen lassen.«

Innerlich zitterte er. Es schien ihm, als würde von Sekunde zu Sekunde alles nur noch schlimmer werden. Und es gab keine Möglichkeit, dass er rückgängig machen konnte, was er getan hatte. Wenn er sich doch bloß zwei Sekunden Zeit gelassen hätte, um auf den Rücksitz zu schauen! Jetzt würde ein Zwei-Sekunden-Fehler sein Leben zerstören. Cheyenne hatte recht. Wenn Roy sie gehen ließ, würde die Polizei sie hier ohne große Mühe finden. Und dann?

Plötzlich wurde Cheyenne ganz ruhig. »In Ordnung«, sagte sie leise. »Hilf mir raus und dann kannst du mich wieder anbinden. Schnell.«

Er schob sie aus dem Bad – schloss die Tür vor dem verräterisch abgerissenen Duschvorhang – und brachte sie zurück in sein Zimmer. Griffin zog die Schnur, die um ihren Knöchel gebunden war, aus dem Socken und schlang sie schnell um den Bettpfosten. Was sollte er mit ihren Händen machen? Er hatte den Schnürsenkel zerschnitten und der Rest der Schnur, mit der er sie festgebunden hatte, lag auf der Küchenablage. Er wollte ihn gerade holen, als er hörte, dass die Haustür geöffnet wurde.

Er hatte kaum Zeit, sich umzudrehen. »Schnell – versteck die Hände hinter dem Rücken«, zischte er, da polterten TJ und Jimbo schon den Flur entlang.

»Das hättest du sehen müssen«, prahlte Jimbo. Er hatte eine schwarze Daunenweste über seinen Mantel gezogen. Griffin fragte sich, wie er in diesem Aufzug hinter das Lenkrad gepasst hatte. »Da hat es nur so vor Bullen gewimmelt. Und sie hatten zwei von diesen Übertragungswagen da, wo die Reporter live senden können. Eine war die heiße Rothaarige von Channel Three. Und sie hatten dieses gelbe Tatortabsperrband um ein paar Parkplätze gespannt – da muss wohl der Escalade gestanden haben.«

»Wo ist R–«, begann TJ, und dann sagte er: »Au!«, als Jimbo ihn in die Rippen stieß. »Warum machst du das?«

»Keine Namen, Dummkopf.« Jimbo nickte in Cheyennes Richtung. »So wird sie nie erfahren, wer wir sind.«

Griffin ärgerte sich, dass Jimbo vorausschauender war als er selbst. »Er ist los und will ein paar Leute anrufen«, sagte Griffin. Er schaute verstohlen zu Cheyenne. Sie saß ans Kopfende gelehnt da und hielt die Hände hinter dem Rücken, als wären sie noch immer zusammengebunden. Sobald jemand sprach, drehte sie den Kopf in die Richtung. Griffin fragte sich, ob das noch eine Angewohnheit aus der Zeit war, als sie sehen konnte, oder ob sie so besser hören konnte, was sie sagten.

»Da war auch noch eine andere Frau da, die Leute haben Schlange gestanden, damit sie sie interviewen konnten. Muss deine Mama gewesen sein«, sagte Jimbo zu Cheyenne.

»Ihre Stiefmutter.« Griffin ertappte sich dabei, wie er ihn korrigierte.

»Ist ihre echte Mutter gegen ein besseres Modell ausgetauscht worden?«, witzelte TJ. »Dieser Nike-Boss hat sich nämlich eine echt geile Braut an Land gezogen.«

»Red in ihrer Gegenwart nicht so«, sagte Griffin scharf. Er sah, wie steif Cheyenne dasaß und wie stark sie sich zusammennahm.

Jimbo und TJ antworteten gleichzeitig mit einem spöttischen »Ooh«.

»Was glaubst du, wie viel Geld er für seine eigene Tochter ausgeben wird, damit er sie zurückbekommt?«, fragte Jimbo. »Eine Million?« Griffin hörte das Verlangen in Jimbos Stimme.

TJ streckte einen Finger nach Cheyennes Locken aus. »So ein hübsches Ding wie du sollte eine Menge einbringen.«

Cheyenne schaute angewidert drein. Sie riss ihren Kopf von TJ weg, verlor dabei das Gleichgewicht und musste eine Hand ausstrecken, um nicht umzufallen. Eine Hand, die ganz offensichtlich an rein gar nichts angebunden war.

»Na, na, na, was haben wir denn da?«, sagte Jimbo. »Wie kommt's, dass du sie nicht festgebunden hast?«

Eine Möglichkeit, wie man Stehlen umschreiben konnte

Irgendetwas Dunkles zeichnete sich am Rand ihres Gesichtsfeldes ab, als der Widerling sie verhöhnte. Instinktiv drehte sie sich weg, ihre Hand flog dabei nach vorne und verriet, dass sie nicht mehr gefesselt war. Sie erstarrte. Wie sollte Griffin das erklären? Vor fünf Minuten noch hätte sie nichts lieber getan, als seine Augen auszukratzen. Aber jetzt war er wohl der einzige Puffer zwischen ihr und diesen Männern, die sie behandelten, als wäre sie taub und könnte nicht hören, was sie sagten.

Griffin klang gelassen und unbekümmert. »Sie musste aufs Klo. Ich wollte sie gerade wieder anbinden, als ihr beide zurückgekommen seid.«

»Bist du sicher, dass da nicht noch mehr abgegangen ist?«, sagte der widerliche Typ. »Ich mein, vielleicht hast du es ja ausgenutzt, dass du endlich mal ein Mädchen in deinem Bett hast.«

Das war also Griffins Zimmer und kein Gästezimmer. Cheyenne war überrascht.

»Fass die Ware besser nicht an«, sagte der andere Mann. Er schien schlauer zu sein, aber nicht viel. »Vergiss nicht, beschädigte Ware gilt als gekauft.«

Cheyenne wollte die Aufmerksamkeit von ihren ungefesselten Handgelenken wenden und steckte die Hand, die nicht mehr hinter ihrem Rücken war, in ihre Manteltasche. Beinahe hätte sie sich dabei an dem Glasstück geschnitten, das sie vorher dort versteckt hatte. Es lag in das Hundetrockenfutter eingebettet, mit dem ihre Taschen ständig vollgestopft waren, seit sie Phantom bekommen hatte. (Cheyenne hatte auf die harte Tour gelernt, immer erst die Taschen auszuräumen, bevor sie ihre Kleider in die Waschmaschine steckte.) Das Trockenfutter war als Belohnung gedacht, aber auch für die Gegenkonditionierung, wie die Blindenhundeschule es nannte. Wenn Phantom abgelenkt war, gab sie ihm ein Stück Trockenfutter und bekam ziemlich sicher seine Aufmerksamkeit wieder zurück.

»Hol mir die Schnur«, sagte der zweite Mann. »Überlass das Anbinden jemandem, der was davon versteht.«

Der Widerling kicherte.

Kurz dachte Cheyenne daran, ob sie das Glas benutzen sollte, um sie alle auf Abstand zu halten. Aber was dann? Sie konnte sich keine Situation vorstellen, in der sie die Oberhand hatte und die länger als ein paar Sekunden andauerte. Wahrscheinlich war es nicht einmal möglich, jemanden mit einem zerbrochenen Stück Glas zu verletzten, ohne sich dabei selbst zu schneiden.

»Ich habe alles unter Kontrolle«, sagte Griffin. »Und bei ihr besteht ja auch keine große Fluchtgefahr. Sie ist blind, schon vergessen? Ihr beide solltet lieber wieder rausgehen und den Toyota fertig machen.«

Niemand rührte sich. Es war völlig still. Cheyenne wünschte, sie wüsste, was gerade geschah. Sie konnte spüren, wie sich in der Stille die Spannung zwischen Griffin und den beiden Männern ausbreitete.

Der zweite Mann lachte. »Das glaubst auch nur du, dass du die Dinge unter Kontrolle hast.« Aber seine Stimme klang, als sagte er das bloß, um sein Gesicht zu wahren, als wollte er, dass es wie sein eigener Entschluss aussah und nicht der von Griffin.

Cheyenne und Griffin waren beide still, bis sie hörten, wie die Haustür geöffnet und wieder geschlossen wurde. »Danke. Ich mag die nicht!«, sagte Cheyenne dann.

»Da bist du nicht die Einzige.«

»Wer sind sie?« Cheyenne versuchte dabei bewusst in sein Gesicht zu blicken. Menschen wurden nervös, wenn man sie nicht ansah, aber für Cheyenne waren Gesichter nicht mehr wichtig. Es war nur der Ort, wo die Stimmen herkamen.

»Die arbeiten für meinen Dad.«

»Was genau?« *Was für eine Art von Angestellter akzeptierte einfach, wenn man mit einem entführten Mädchen auftauchte?*

Griffin zögerte sehr lange, sodass sie sich fragte, ob er überhaupt darauf antworten würde. »Wir verkaufen günstig Autos und Autoteile«, sagte er schließlich. »Angenommen, du willst einen Sitz für einen Honda Civic. Wenn du ihn bei einem Händler besorgst, musst du 3000 Dollar dafür bezahlen. Wenn du ihn bei uns kaufst, bekommst du ihn billiger. Viel billiger.«

»Und warum ist er so viel billiger?« Jetzt, wo die beiden Männer weg waren, erinnerte ihr Körper sie daran, wie krank sie war. All ihre Energie war für ihren Fluchtplan draufgegangen. Dann hatte sie sich entschlossen, dass es besser war, sie würde nach einem Telefon suchen, wenn das

Haus erst einmal leer wäre, und dann hatte sie mit Griffin gekämpft. »Habt ihr einen Schrottplatz oder so was?«

»Oder so was.« Griffin seufzte und ließ sich am Fußende des Bettes nieder. Cheyenne zog ihre Füße zu sich, damit sie ihn nicht berührte. »Wir machen ein bisschen dies und das.« Er holte tief Luft. »Wir kaufen zum Beispiel Unfallautos. Krempel, den die Versicherungen als Totalschaden eingestuft haben.«

»Und von denen benutzt ihr die Einzelteile?«

»Meistens nehmen wir nur ein paar von den Einzelteilen, und das war's dann. Nur die mit der FIN drauf.«

»Was ist eine FIN?«

»Die Fahrzeugidentifikationsnummer. FINs sind wie Sozialversicherungsnummern, nur eben für Autos. Jedes Auto hat eine eigene. Es gibt eine winzige auf dem Armaturenbrett, aber es gibt sie auch noch an ein paar anderen Stellen. Wenn die Polizei die FIN überprüft, weiß sie, ob das Auto geklaut wurde. Wenn wir also erst einmal ein Unfallauto gekauft haben, suchen wir nach einem zweiten mit dem genau gleichen Baujahr. Gleiche Marke, gleiches Modell, nur eben *kein* Totalschaden.«

Cheyenne ahnte, was das hieß. »Und das andere Auto, das kauft ihr nicht, oder?«

»Nein. Das klauen wir. Dann machen wir die FINs vom Unfallauto an das gestohlene und schon haben wir ein sauberes Auto mit einer absolut legalen FIN. Wir melden es unter falschem Namen und unter falscher Adresse an und verkaufen es dann an jemanden, der keine Fragen dazu stellt, warum er so ein schönes Auto einige tausend Dollar unter Listenpreis bekommt.«

»Aber es ist gestohlen!«

»Glaubst du, die Leute, die es kaufen, wissen das nicht?«, fragte Griffin schnaubend. »Sie wissen Bescheid. Sie wollen es nur lieber gar nicht genau wissen. Falls du verstehst, was ich meine.«

»Hast du deswegen den Escalade gestohlen? Habt ihr hier irgendwo einen schrottreifen stehen, von dem ihr die FINs nehmen könnt?«

Cheyenne hörte ein widerwilliges Zögern in seiner Antwort. »Nein, das war eher Zufall. Normalerweise besorgen wir uns zuerst den Unfallwagen und klauen dann das bessere Auto. Und ich klau die Autos normalerweise auch gar nicht. J–« Er brach ab, damit er nicht noch einen Namen verriet, aber sie speicherte den Anfangsbuchstaben in ihrem Gedächtnis. »Das machen die anderen. Ich habe einfach nur den Schlüssel gesehen und dann spontan reagiert. Leider. Sonst hätte ich ja bemerkt, dass du hinten liegst. Mein Dad ist gerade nicht sehr zufrieden mit mir.«

»Und was werdet ihr jetzt mit Danielles Auto machen? Einen Unfallwagen kaufen und die FINs austauschen?« Aber es wäre immer noch das Auto ihrer Familie, dachte Cheyenne. Das Auto mit dem zentimeterlangen Kratzer auf der Beifahrerseite, wo Phantom in der ersten Woche, in der sie ihn hatte, mit seinem steifen Stahlgeschirr hängen geblieben war.

»Es ist ein toller Schlitten, aber im Moment ist er ein bisschen zu heiß, selbst wenn wir neue FINs und Nummernschilder dranmachen. Sie werden jedes Auto von Seattle bis San Francisco anhalten, das so aussieht. Im Radio haben sie gesagt, dass sie eine Fahndung rausgegeben haben. Vielleicht müssen wir ihn ausschlachten und dann hier und da ein Stück verkaufen, aber eben nicht das ganze Auto. Eine Stoßstange von so einem Auto kostet beim Händler bestimmt 4000 Dollar. Wir könnten einer Autowerkstatt das Teil ganz einfach zum halben Preis verkaufen und hätten noch immer was gewonnen, weil wir das Auto ja umsonst bekommen haben.«

Umsonst. Das war auch eine Möglichkeit, wie man Stehlen umschreiben konnte. »Aber was ist mit den FINs. Werden sie nicht wissen, dass die Stoßstange von unserem Auto ist?«

»Sie machen die FINs nicht überall drauf und wenn du erst einmal ein Teil vom Auto abmontiert hast, können die Bullen es nicht zurückverfolgen. Es gibt jede Menge Autoschlossereien, die nicht so genau hinschauen und Zeug von uns kaufen. Sie sparen Geld und wir verdienen Geld. Und alle sind glücklich.«

»Außer demjenigen, der gerade eine Menge für eine gestohlene Stoßstange bezahlt hat. Oder demjenigen, dessen Auto in einen Haufen Einzelteile zerlegt wurde.«

Sie konnte hören, wie er mit den Schultern zuckte. »Mein Dad sagt, dass es dafür ja die Versicherungen gibt.«

»Aber was ist mit –« Cheyenne wollte etwas einwenden, aber die Worte blieben ihr im Hals stecken. Sie musste sich vor Husten krümmen, versuchte Luft zu holen.

Griffin brachte ihr noch mehr Wasser, aber sie hustete weiter und wedelte abwehrend mit den Händen. Irgendwann war es dann vorbei.

»Alles in Ordnung?«

Vielleicht bildete sie sich das nur ein, aber sie meinte, dass Griffins Stimme ehrlich besorgt klang.

»Nicht wirklich. Würdest du mich vielleicht einfach schlafen lassen?« Sie konnte gerade noch so ihren Kopf aufrecht halten und die Unterhaltung weiterführen.

»Klar.«

Sie hatte einen letzten wachen Gedanken. »Halt mir bitte diese Typen vom Leib.«

Wenn schon, denn schon

Griffin schätzte, dass es besser war, wenn er Cheyennes Fuß wieder fester ans Bett band, bevor sein Dad nach Hause kam. Sie rührte sich kaum, ihr Kopf lag auf ihrem Unterarm. Erschöpft sah sie aus. Bis auf ihre geröteten Wangen war ihr Gesicht kreidebleich. Griffin holte eine blau-rosa Steppdecke aus dem Wandschrank im Flur (seine Oma hatte sie genäht, als seine Mutter mit ihm schwanger war und sie nicht wusste, ob es ein Junge oder ein Mädchen werden würde) und legte sie vorsichtig über Cheyenne. Die Decke roch ein bisschen muffig, aber Griffin wollte, dass Cheyenne es warm hatte.

In gewisser Weise war es eine Erleichterung gewesen, mit Cheyenne über Roys Geschäfte zu reden. Erst hatte er zwar überlegt, ob er überhaupt auf ihre Frage über das, was sein Vater tat, antworten sollte, oder ob er besser log. Aber was hatte seine Oma immer gesagt, bevor sie verwirrt wurde? »Wenn du schon erwischt wirst, kannst du genauso gut für ein Schaf wie für ein Lamm hängen.« Was heißen sollte: Wenn du eh schon am Arsch bist, dann scheiß drauf. Cheyenne wusste ohnehin schon zu viel, was machte da ein bisschen mehr noch aus?

Außerdem hatte er noch nie mit jemandem darüber gesprochen. Griffin hatte sich eigenartig stolz gefühlt, als er ihr beschrieben hatte, wie man was Illegales in was Legales verwandelte, oder etwas, das niemand wollte, in etwas, das jemand wollte. Obwohl ihm klar gewesen war, dass sie sich kaum noch wach halten konnte, hatte er weitergeredet. Es war wie bei einem Luftballon, der ein Loch hatte, und man versuchte die Luft am Ausströmen zu hindern. Warum hatte er nicht daran gedacht, Cheyenne von seinem Lieblingstrick zu erzählen – dem »Abziehen und weg«? TJ und Jimbo klauten ein Auto, zogen die Teile ab und ließen den Rest stehen. Irgendwann fand die Polizei den Wagen und die Diebstahlanzeige wurde gelöscht. Auf der Auktion der Versicherung ersteigerte Roy dann den Rahmen und schleppte ihn nach Hause. In der Scheune wurden die abmontierten Teile dann an genau das Auto zurückgeschraubt, von dem sie gekommen waren. Und das Endergebnis war ein ganzes, wertvolles, vollkommen legales Auto, das Roy zu einem Vielfachen von dem verkaufen konnte, was er für den nackten Rahmen bezahlt hatte.

Wo er gerade an gestohlene Sachen dachte: Im Kofferraum vom Honda wartete immer noch eine Ladung vom Einkaufszentrum. Aber er würde das Zeug jetzt auf keinen Fall in der 82. Straße in Portland verkaufen und Cheyenne hier alleine lassen. Selbst wenn sie ihn nicht darum gebeten hätte, auf sie aufzupassen. Er glaubte zwar, dass TJ einfach nur große Töne spuckte, aber manchmal stachelte Jimbo ihn auf. Wenn es gut lief, dann machte Jimbo mit. Wenn nicht, hielt Jimbo sich zurück und TJ bekam die ganze Schuld.

Griffin schloss behutsam die Tür zu seinem Zimmer und

fragte sich, wann sein Dad zurückkommen würde und was es für Neuigkeiten gab. Er griff in seiner Tasche nach den Zigaretten und ging in die Küche. Seit Cheyenne hier war, sah er das Haus mit anderen Augen – es war deprimierend, schäbig und schmutzig. Und da spielte es auch keine Rolle, dass Cheyenne es nie wirklich sehen würde. Er schob die Zigarettenpackung zurück in seine Brusttasche, räumte dann die Spüle frei, ließ heißes Seifenwasser ein und legte los.

Zwei Stunden später trocknete das Geschirr auf dem Ständer, und der Küchenfußboden war so lange gewischt worden, bis er glänzte. Griffin verstand plötzlich, wie es für seine Mutter gewesen sein musste. Kein Wunder, dass sie gegangen war. Griffin wusste, dass die zwei Stunden Arbeit innerhalb von ein paar Minuten zunichtegemacht werden konnten. Trotzdem fühlte er sich befreit und irgendwie zufrieden. Die Post, alte Zeitungen und ungeordnete Autoteile, die auf dem Küchentisch verteilt gewesen waren, lagen jetzt entweder sortiert in sauberen Stapeln auf der Anrichte, waren draußen im Feuerfass gelandet oder hatte er in die Scheune gebracht. Jedes Mal, wenn er rausging, sah es so aus, als würden TJ und Jimbo nicht wirklich viel arbeiten. Sie lehnten an halb auseinandergenommenen Autos, zeigten zum Haus rüber und redeten, wobei weiße Atemwölkchen aufstiegen. Und sobald er so nahe kam, dass er hören konnte, worüber sie redeten, hielten sie den Mund.

Bevor er sich an das Wohnzimmer machte, öffnete er leise die Tür, um nach Cheyenne zu sehen, so wie er es schon ein halbes Dutzend Mal getan hatte. Dieses Mal war sie wach und saß aufrecht da.

»Es ist zehn vor fünf«, sagte sie. Er fragte sich, woher sie das wusste, bis er sah, wie sie den Deckel über dem Zifferblatt ihrer Uhr zuklickte. »Bitte – können wir die Regionalnachrichten anschauen? Ich möchte sehen, ob sie etwas über mich bringen.« Sie sah besser aus, aber sie war noch immer heiser.

»Sehen?«, wiederholte er. »Darf man das bei dir sagen?«

Ihre Lippen verzogen sich fast zu einem Lächeln. »Ach, die Leute hängen sich da viel zu sehr dran auf. Es ist ja nicht so, dass ich vergesse, dass ich blind bin, wenn sie das Wort nicht mehr benutzen. Mein Dad versucht sogar, nicht mehr ›Wir sehen uns später‹ zu sagen. Ich erkläre ihm dauernd, dass es doch nur ein Wort ist. Jeder gebraucht es. Ich benutze es auch ständig.« Sie zögerte kurz und sagte dann schnell: »Ich weiß noch, wie es war, als ich sehen konnte. Wenn ich morgens aufwache, denkt ein Teil von mir, dass ich mein Zimmer sehen werde, sobald ich die Augen öffne, oder was draußen vor dem Fenster ist, verstehst du. Und ich kann mich immer noch daran erinnern, wie alles aussieht.«

Cheyennes Gesicht war zwar nach wie vor blass, aber voller Leben. Griffin mochte es irgendwie, dass er sie so lange anschauen konnte, wie er wollte, ohne dass es ihr etwas ausmachte. Aber sobald ihr starrer Blick – oder das, was danach aussah – seinen traf, schaute er trotzdem weg, gerade so als *könnte* sie ihn sehen.

Plötzlich mutig geworden, fragte er: »Also, wie sehe ich aus?«

»Du?«

Er wurde rot und war froh, dass sie ihn nicht sehen konnte. »Vergiss es.«

Sie machte weiter, als hätte er nichts gesagt. »Mal sehen.

Du bist ungefähr 1,80 groß und wiegst 77 Kilo. Du bist stark und ich glaube, dass deine Haare dunkel sind. Du *hörst* dich zumindest so *an*, als hättest du dunkle Haare. Und aus irgendeinem Grund glaub ich, dass du eine große Nase hast. Ich mein, es ist nicht so eine kleine Stupsnase, nicht so eine Mädchennase.«

Er starrte sie überrascht an. Es stimmte – alles, was sie gesagt hatte, stimmte. Seine Größe und sein Gewicht waren wahrscheinlich nicht so schwer, zu erraten, nicht nachdem sie heute schon zweimal miteinander gekämpft hatten. Vielleicht war sie auch gegen seine Nase gestoßen, immerhin hatte sie sein Gesicht zerkratzt. Er wusste, es war seltsam, aber während sie ihn beschrieb, hatte er die ganze Zeit darauf gewartet, dass sie die hässliche rote Narbe erwähnen würde, die wie ein Band um seinen Hals lief.

»Und ich?«, fragte Cheyenne. »Wie sehe ich aus?«

Griffin war verdattert. »Ähm, weißt du das nicht?«

Sie zuckte mit den Schultern. »Ich hab mich seit drei Jahren in keinem Spiegel mehr gesehen. Ich weiß nicht mehr, wie ich aussehe. Das letzte Mal, als ich mich gesehen habe, war ich dreizehn.«

Flirtete sie etwa mit ihm? Ihr Gesicht sah offen und ehrlich aus. Sicher, so hatte sie auch ausgesehen, als sie behauptet hatte, sie müsste auf die Toilette. Er betrachtete ihre dunklen Locken, ihre olivfarbene Haut und ihr herzförmiges Gesicht.

»Du bist hübsch«, sagte er in einem Tonfall, der keine weiteren Fragen mehr zuließ. »Du bist hübsch, okay.« Er merkte, dass er die Hände zu Fäusten geballt hatte.

Cheyenne sah kurz überrascht aus, dann verschwand jede

Regung aus ihrem Gesicht. »Die Fernsehnachrichten müssten jetzt anfangen«, sagte sie. »Können wir sie bitte anschauen?«

Griffin fragte sich, ob das wieder irgendein Trick war. Vielleicht wollte sie ja nur in einem anderen Teil des Hauses sein, damit sie ein Telefon finden konnte. Stille breitete sich aus, und Griffin schwieg lange, damit sie auch wusste, wie viel sie von ihm verlangte. »In Ordnung«, sagte er schließlich, »aber ich muss dich am Sofa festbinden. Und wenn mein Dad kommt und rumschreit, musst du ruhig sein und tun, was ich dir sage. Versprochen?«

»Versprochen«, antwortete sie und hob die Finger zum Schwur.

Griffin band ihren Fuß vom Bett los, nahm die Schnur in die Hand, stützte Cheyenne am Ellbogen und brachte sie ins Wohnzimmer. Einmal machte sie einen größeren Schritt und kam ins Stolpern, weil die Schnur an ihrem Fuß zu kurz war. »Entschuldigung«, sagte er und erwischte ihren Ellbogen gerade noch rechtzeitig, damit sie nicht über den Couchtisch fiel. Eigentlich war es eine riesige, hölzerne Kabeltrommel, auf der früher Drahtseil gewickelt war. Griffin manövrierte Cheyenne so, dass das Sofa genau hinter ihr stand. »Du kannst dich hinsetzen.«

Er band ihr Bein an einem der Löwenfüße des alten Sofas fest und war froh, dass sie die Flecken auf den Polstern nicht sehen konnte. Zur Sicherheit zog er das Telefonkabel aus der Wand. Dann setzte auch er sich aufs Sofa, nahm die Fernbedienung und schaltete einen Regionalsender ein.

Nach einer Werbung für eine Art Erwachsenenwindel – Griffin wollte ganz bestimmt niemals alt werden – tauchte eine ernst aussehende Moderatorin auf dem Bildschirm auf. Über ihrer linken Schulter war ein Foto eingeblendet, das den Tatort mit dem gelben Absperrband zeigte. »Das Topthema heute Abend: Die Eltern des entführten Mädchens vom Woodlands Experience Einkaufszentrum haben einen herzerweichenden Aufruf für die unversehrte Rückkehr ihrer Tochter gestartet. Tami Engel von Channel 8 sprach heute am späten Nachmittag mit Nick und Danielle Wilder, den Eltern der sechzehnjährigen Cheyenne.«

Das Fernsehen schnitt auf einen Mann mit gebräuntem Gesicht und dunklem Haar, das an den Schläfen grau wurde. Neben ihm saß eine blonde Frau, die nach Griffins Einschätzung einen sehr teuren Haarschnitt hatte – die Konturen waren fransig und sie hatte mehrfarbige Strähnchen. Sie saßen auf einer dunkelbraunen Ledercouch. Hinter ihnen war ein offener rustikaler Kamin zu sehen und daneben ragte ein riesiger in Silber geschmückter Weihnachtsbaum empor. Sicher das Haus der Wilders, dachte Griffin. Aber, ob es eine gute Idee war, dass sie dort gedreht hatten? Der ganze Ort stank regelrecht nach Geld. Und wenn Roy das sah, würde er wahrscheinlich die Lösegeldforderung für Cheyenne verdoppeln.

Als Mr Wilder sprach, zuckte Cheyenne zusammen.

»Ich werde alles Erforderliche tun, damit ich meine geliebte Tochter wieder zurückbekomme«, sagte Mr Wilder. »Jeder, der etwas gesehen hat, kann mich vierundzwanzig Stunden am Tag anrufen.« Die Kamera ging auf Großaufnahme, sein Gesicht war tränennass. Die Tränen und das gebräunte Gesicht passten irgendwie nicht zusammen. »Mein kleines Mädchen muss so schnell wie möglich wieder nach

Hause kommen. Denken Sie nur, wie verängstigt sie sein muss. Meine Tochter ist blind.«

Die blonde Frau legte eine Hand auf den Arm ihres Ehemanns. »Cheyenne ist sehr stark. Ich bin mir sicher, dass sie das durchstehen wird.« Dann seufzte sie schwer. »Ich fühl mich so schuldig. Ich hatte darauf bestanden, dass wir ihren Blindenhund zu Hause lassen. Ich dachte, so wäre es einfacher. Und jetzt denke ich die ganze Zeit, wenn sie Phantom dabeigehabt hätte, wäre das alles nie passiert.« Sie schlug die Hände vors Gesicht, man hörte ein unterdrücktes Schluchzen.

»Weint sie?«, fragte Cheyenne.

»Ja. Dein Dad auch.«

Griffin dachte heute schon zum zweiten Mal an seine Mutter, etwas, das er sonst selten zuließ. Wie hätte sie sich verhalten? Hätte sie geweint? Oder hätte sie nur an sich gedacht, so wie vor sieben Jahren?

»Ich habe Danielle noch nie weinen sehen«, sagte Cheyenne mehr zu sich selbst.

Die Kamera schwenkte zurück auf Mr Wilder. »Cheyenne ist sehr krank«, sagte er zu der Reporterin, die verständnisvoll nickte. »Kurz bevor man sie entführt hat, wurde bei ihr eine Lungenentzündung diagnostiziert. Sie braucht Antibiotika. Ich bitte diese Leute inständig, sie umgehend freizulassen. Wie können sie nur ein Mädchen wie sie entführen, ein hilfloses Kind? Sie muss außer sich sein vor Angst.« Er drehte sich direkt zur Kamera. »Als Vater flehe ich Sie an – ich flehe Sie an, schauen Sie in Cheyennes Gesicht. Bitte, bitte tun Sie ihr nichts, lassen Sie sie frei.« Seine Stimme wurde hart. »Und lasst euch eines gesagt sein: Wenn ihr meiner Tochter auch nur ein Haar krümmt, bekommt ihr es mit mir zu tun.«

Tami, die Reporterin, lehnte sich nach vorne. »Denken Sie, die Entführung hängt damit zusammen, dass Sie der Präsident von Nike sind?«

Cheyennes Vater nickte. Die Tränen auf seinem Gesicht waren inzwischen getrocknet. »Das ist gut möglich. Es ist kein Geheimnis, dass mir meine Tochter alles bedeutet. Sie könnten uns beobachtet und dann so lange gewartet haben, bis Cheyenne schutzlos war. Wie meine Frau schon sagte, hatte sie heute Morgen ihren Blindenhund nicht dabei.«

Dann wandte er sich direkt an Cheyenne. »Cheyenne, ich weiß, dass wir räumlich getrennt sind, aber in meinem Herzen«, er stockte und seine Stimme brach weg, »in meinem Herzen bist du immer bei mir. Dort sind wir niemals getrennt, keinen Moment lang, nicht einmal eine Sekunde. Bitte bleib stark. Wir werden dich bald nach Hause holen.«

Griffin schaute zu Cheyenne. Sie zitterte so sehr, dass man fast meinen konnte, sie würde auseinanderreißen. Tränen liefen ihre Wangen hinunter, aber als sie sprach, hörte sie sich wütend und aufgebracht an. »Ich dachte, dein Vater wollte Lösegeld fordern. Wieso sagen sie nicht, dass sie was von den Entführern gehört haben und dass sie über die Forderungen nachdenken? Die reden, als hätten sie keine Ahnung!«

»Ich weiß es nicht.« Griffin wurde lauter, genau wie sie. »Ich hab keinen Plan. Ich war hier bei dir, schon vergessen? Vielleicht ist mein Dad ja nicht zu ihnen durchgekommen.«

Jetzt sagte die Moderatorin: »Die Polizei kann noch keine

Einzelheiten zu dem Fall preisgeben, aber sie nimmt an, dass Cheyenne Wilder entführt wurde, um Lösegeld zu erpressen. Es gibt keinen Hinweis darauf, dass das die Zufallstat eines Sexualstraftäters ist. Kurz bevor wir auf Sendung gingen, bekamen wir von offizieller Seite mitgeteilt, dass schon über hundert Hinweise eingegangen sind und jeder einzelne verfolgt wird. Auch das Telefon der Wilders läuft heiß und sie haben zahlreiche E-Mails erhalten. Die Polizei konzentriert sich auf Hinweise aus der Bevölkerung. Wenn Sie also heute Morgen gegen 10 Uhr im Woodlands waren und einen grünen Escalade mit dem Nummernschild 396CVS gesehen haben, melden Sie sich bitte unter folgender Nummer bei der extra eingerichteten Notrufstelle: 1-888-555-1212. Hier ein Bild von Cheyenne und ihrem Blindenhund Phantom.« Eine grinsende Cheyenne füllte den Bildschirm aus. Selbst der Hund, ein gelber Labrador, schien zu grinsen.

Als er noch zur Schule gegangen war, hatte Griffin gelernt, dass es einen bestimmten Ausdruck dafür gab, wenn man dachte, Tiere hätten dieselben Gefühle wie Menschen. Das Wort fiel ihm nicht mehr ein.

Aber er wusste, dass er Cheyenne nie so grinsen sehen würde wie auf dem Foto. Während er auf ihr breites Lächeln starrte, beendete die Moderatorin ihren Beitrag: »Der Wettlauf gegen die Zeit hat begonnen. Cheyenne Wilder muss lebend gefunden und gerettet werden.«

Du könntest genauso gut tot sein

Cheyenne fuhr den Kopf herum Richtung Eingangstür.

»Was hast du?«, fragte Griffin.

»Da ist jemand.« Das Auto, das sie ein paar Sekunden zuvor gehört hatte, hielt neben dem Haus und bremste dabei so scharf, dass Kies zur Seite spritzte. Vielleicht kam jemand und rettete sie. Sie dachte an die Pistole, die Griffin hatte. Würde er sie als Geisel nehmen? Cheyenne rutschte ans Ende des Sofas, so weit wie möglich von ihm weg.

»Mist – ist das mein Dad?« Griffin schaltete den Fernseher aus.

Cheyenne hörte, wie eine Autotür geöffnet und wieder geschlossen wurde, und dann redende Leute. So schnell wie die Hoffnung gekommen war, verschwand sie auch wieder. Obwohl sie nicht verstand, was gesagt wurde, erkannte sie die Stimmen – es waren Griffins Vater und die beiden Männer, die für ihn arbeiteten. Rasch wischte sie mit dem Schal über ihr Gesicht. Sie wollte nicht, dass jemand ihre Tränen sah. Aber sie würden gleich reinkommen. War da noch eine zweite Autotür zugeworfen worden? Schließlich ging jemand über die hölzerne Veranda. Die Tür wurde aufgerissen und ein kalter Wind wehte zu ihnen herüber.

»Verbrüderst du dich mit dem Feind?«, sagte Roy und die beiden anderen Männer lachten. Er hörte sich betrunken an, fand Cheyenne und spürte, wie die Anspannung in ihr wuchs.

»Hi.« Man merkte, dass Griffin lässig klingen wollte. »Na, wie ist's gelaufen?«

Anstatt ihm zu antworten, wandte sich Roy an Cheyenne. »Das ist dein Stock, stimmt's?« Sie hörte, wie er ihn schüttelte. Er musste ihn aus dem Escalade geholt haben.

Ein knirschendes Geräusch von aufeinanderreibendem Metall erklang. Wahrscheinlich eine knarzende Tür. Wärme strömte heraus. Flammen knisterten und der Geruch von Holzrauch erfüllte die Luft.

»Wir sollten nichts rumliegen lassen, das du irgendwann gebrauchen kannst«, sagte Roy. Und dann hörte sie, wie er den Stock in den Kaminofen warf. Die Tür wurde zugeschlagen.

Bis dahin hatte Cheyenne ihren Stock gehasst. Gehstöcke waren etwas für alte Leute. Für Behinderte. Nicht für Teenager. Nicht für jemanden wie sie. Aber jetzt, wo sich der Rauchgeruch veränderte, fühlte sie sich verloren. Ihr Stock war aus Glasfasern gemacht, vielleicht würde er also nicht verbrennen, aber das Gummiband, das die Teile miteinander verband, ganz bestimmt, und dann wäre er nur ein nutzloser Haufen Stangen.

»Was ist passiert? Was ist los?« Griffins Stimme war höher als sonst. Verängstigt.

»Nicht vor ihr. Was macht sie überhaupt hier draußen?« Roy erwartete keine Antwort. Sie konnte hören, wie er auf und ab lief. »Bring sie in dein Zimmer. Wir müssen reden.«

Griffin brachte Cheyenne schnell zurück. Ihren Knöchel band er wieder am Bett fest, ließ ihre Hände aber frei. »Entschuldige.«

Sie meinte, dass er ihr kurz über den Kopf strich, war sich aber nicht ganz sicher. Komisch, aber sie ließ ihn nur ungern gehen. Wer würde als Nächster durch die Tür kommen? Griffin mochte schlecht sein, aber sie wusste, dass die anderen drei Männer schlimmer waren.

Und warum war Roy so wütend?

Was war passiert? Wollten ihre Eltern kein Lösegeld zahlen? Aber das war unmöglich. Ihr Vater würde alles tun, um sie zurückzubekommen. Noch bevor sie ihn im Fernsehen gehört hatte, hatte sie das gewusst.

Vielleicht hatte Griffin ja auch seinen Vater angerufen, während sie geschlafen hatte, und ihm von ihrem Fluchtversuch erzählt. Ob er deswegen den Stock in den Holzofen geworfen hatte?

In der Luft hing noch immer der Gummigeruch und Cheyenne fing an zu husten. Rasselnder, feuchter, abgehackter Husten, so als würde sie sich die Lunge aus dem Leib husten. Als es endlich vorüber war, lag ein Schweißfilm auf ihrer Haut, obwohl es in Griffins Zimmer kalt war. Sie fand die Steppdecke und zog sie über sich. Sonst konnte sie nichts tun. Cheyenne schloss die Augen.

Eines der ersten und schwierigsten Dinge, die Cheyenne nach ihrem Unfall lernen musste, war, wie man den Langstock benutzte. Ihr Dad wollte sie erst nicht an den Kursen teilnehmen lassen, aber Danielle konnte ihn dann doch überzeugen. Das war noch bevor Cheyennes Vater und Danielle miteinander ausgingen und bevor Danielle ihre Stiefmutter wurde. Damals war sie nur eine der netten Stimmen der Krankenschwestern gewesen, die sich um sie kümmerten.

Obwohl in Danielles Fall die Stimme gar nicht so nett gewesen war. Danielle war der Meinung, dass Cheyenne nicht zu viel über ihren Verlust trauern sollte. Sie sollte sich stattdessen lieber darauf fokussieren, was sie noch *hatte* und was sie *damit* machen konnte.

Die ersten beiden Monate nach dem Unfall hatte Cheyenne ihr Bett praktisch nicht verlassen. Zunächst weil ihre Brüche heilen mussten. Als sie nach den ersten zehn kritischen Tagen außer Gefahr war, hatte das Krankenhaus empfohlen, sie in ein Pflegeheim zu bringen, wo sie sich wieder ganz erholen konnte. Ihr Vater wollte nichts davon hören. Seine dreizehnjährige Tochter sollte nicht von alten Menschen mit Schlaganfällen und gebrochenen Hüften umgeben sein. Stattdessen bezahlte er privat angestellte Krankenschwestern, die sie 24 Stunden am Tag betreuten. Eine von ihnen war Danielle.

Als Cheyenne erst einmal klar geworden war, dass sie nie wieder würde sehen können, hatte sie aufgegeben. Was sollte das alles? Die Welt war ein unheimlicher Ort. Ihr Physiotherapeut wollte, dass sie auf eine besondere Schule ging, wo sie lernen sollte, wie sie am besten mit ihrer Blindheit umging. Cheyenne sagte zu allem Nein, und ihr Vater stritt nicht mit ihr. Sie wollte nur noch in ihrem Bett bleiben. Um sie herum war das unbekannte Nichts. Und wie sollte sie sich in einem unbekannten Nichts bewegen? Wenn sie irgendwohin musste, schob sie ihre Füße vorwärts wie auf Inlineskates. So hatte sie wenigstens immer mit einem Fuß Bodenkontakt.

Alles, was ihr geblieben war, war ein zitternder und schwitzender Körper. Ihr sich drehender Magen, ihre pochenden Schläfen, ihr Atem. Sie kannte die Welt da draußen nicht mehr. Das Einzige, was sie noch kannte, war sie selbst. Ihre Welt war auf die Konturen ihrer Haut zusammengeschrumpft.

Immer wenn ihr Vater sie ermutigte aufzustehen, klagte Cheyenne darüber, dass sie Kopfschmerzen hatte oder dass ihr schwindelig war. Manchmal stimmte das sogar. Und manchmal wusste sie nicht, ob es stimmte oder nicht. Meistens blieb sie im Bett und hörte Musik. Ihr Dad stand dann in der Tür zu ihrem Zimmer und beobachtete sie – sie konnte ihn hören, auch wenn er nicht immer sagte, dass er da war – und Cheyenne drehte einfach die Musik lauter.

Eines Tages dann zog Danielle ihr die Kopfhörer aus den Ohren.

»Hey«, hatte Cheyenne protestiert. Ihre Hände tasteten auf der Bettdecke herum, konnten die Kopfhörer aber nicht finden.

»Hör mal«, sagte Danielle forsch und sachlich. »Wenn du nicht lernst, wie man unabhängig ist, wird das ein langes langweiliges Leben für dich. Da könntest du genauso gut tot sein.«

Cheyenne hatte sich die vergangenen Wochen ziemlich zusammengenommen, doch jetzt rastete sie aus. Sie hatte das ganze Mitleid satt, aber die Erwartungen dieser Frau waren absolut übertrieben.

»Ich könnte genauso gut tot sein? Ich bin tot! Ich werde nie wieder etwas sehen – keinen Film, keine Gesichter, nicht mal mein eigenes.« Sie geriet ins Stocken, als sie an all die

Dinge dachte, die sie nicht mehr sehen würde – Blumen und Hunde und die Farbe ihrer Kleider und Sonnenuntergänge und Blätter, die sich verfärbten, Fernsehshows und Bücher, Konzerte, hübsche Jungs, hübsche Schauspieler, hübsche Babys, rausfinden, was das seltsame Geräusch gemacht hatte, die Farbe der verschiedenen Eissorten und die glänzenden Metallbehälter, in denen das Eis aufgereiht war, Ritzen im Gehweg, Menschen, die sie anlachten.

Danielles Stimme blieb ruhig. »Du bist erst dreizehn. Du hast noch dein ganzes Leben vor dir.«

»Erzähl mir keinen Scheiß, von wegen ich bin erst dreizehn. Mein Leben ist *vorbei*. Ich werde nie selbst mit dem Auto fahren. Ich werde nie mit einem Jungen verabredet sein, und wenn ich ganz viel Glück habe, bekomme ich einen Job in einer Behindertenwerkstatt.« Cheyenne sprach in einem Singsang weiter, wütend, dass man noch immer ihre Tränen durchhören konnte. »Ich habe es satt, wenn Leute sagen: Du bist doch noch jung, du gewöhnst dich daran, Gott verschließt nie alle Türen, er lässt immer ein Fenster offen. Was, bitte schön, soll der ganze Bockmist!? Ich werde mich nicht daran gewöhnen. Ich bin blind. Meine Mom ist tot und ich bin blind!«

Es war lange still. »Du hast recht«, sagte Danielle schließlich ruhig. »Aber es ist, wie es ist, Cheyenne. Du kannst es nicht ändern, also musst du damit zurechtkommen. Du musst herausfinden, wie du Dinge selbst tun kannst. Du kannst ein neues Leben anfangen. Und es kann ein gutes Leben sein. Aber dazu musst du es erst mal versuchen.«

»Über was redet ihr beiden Hübschen dadrinnen«, rief Cheyennes Vater durch die geschlossene Tür.

»Geh weg«, schrie Cheyenne. Er sollte nicht sehen, wie Tränen aus ihren nutzlosen Augen quollen. Denn dann würde er auch zu weinen anfangen. Sie wollte keine neue Mitleidsorgie. Sie wollte einfach vergessen. Sie wollte einschlafen und dann aufwachen und dann erleichtert feststellen, dass alles nur ein böser Traum gewesen war.

Sie wartete, bis die Schritte ihres Vaters verstummten. Dann sagte sie leise: »Aber es ist zu schwer. Es ist einfach zu schwer.«

Danielle war unnachgiebig. »Hast du es nicht allmählich satt, wie ein Baby zu leben? Dass alle alles für dich machen müssen? Willst du nicht lernen, wie du selbst ein paar Dinge tun kannst?«

Sie hatte recht. Cheyenne fühlte sich allmählich wie ein Baby, das im Körper einer Dreizehnjährigen gefangen war. Manchmal fütterte ihr Dad sie sogar.

Für eine Weile saß sie regungslos da, und dann, langsam, nickte sie. Sie fühlte, wie Danielle sich neben sie aufs Bett setzte und ihre Arme um sie legte. Einen Moment machte Cheyenne sich steif, aber dann ließ sie sich vor- und zurückwiegen, während Danielle immer wieder tröstend »Sch-sch« flüsterte.

So fand ihr Dad sie vor. Später, als Danielle und ihr Vater ihr verkündeten, dass sie heiraten würden, fragte sie sich, ob Danielle die Situation vielleicht geplant hatte. Um zu zeigen, dass sie den Platz von Cheyennes Mutter einnehmen konnte.

Wie auch immer, Danielle hatte recht gehabt. Und dank ihrer Ermutigung hatte Cheyenne gelernt, wie sie viele Dinge selbst machen konnte, mehr als sie in den ersten schrecklichen Wochen nach dem Unfall je für möglich gehalten hatte. Das meiste hatte sie in einem Internat gelernt, das zwei Stunden von ihrem Zuhause entfernt war.

Viele der Leute dort standen wie Cheyenne unter Schock und fragten sich, was mit ihnen passiert war. Cheyenne erinnerte sich noch besonders gut an einen Typen, der ständig sagte: »Aber wie soll ich denn Sachen machen, wenn ich nicht Auto fahren kann?« Nach einer Weile hätte sie ihn am liebsten geschlagen. Er war mindestens vierzig, also hatte er schon gelebt. Er hatte seine Chance gehabt. Cheyenne hatte noch nicht einmal damit angefangen. Einmal hatte ihre Mom sie auf einem nahe gelegenen Friedhof fahren lassen, aber jetzt würde sie das nie mehr machen können. Ihre Mom war auf eben diesem Friedhof beerdigt. Das Grab hatte Cheyenne noch nie besucht.

Am Anfang hatte sie sich auf der Schule wie eine Außerirdische gefühlt, die gerade auf einem fremden Planeten gelandet war. Sie musste Dinge neu lernen, die sie schon so lange beherrschte, dass sie sich nicht daran erinnern konnte, sie jemals nicht gekonnt zu haben. Wie man selber isst. Wie man sich anzieht. Wie man läuft, ohne an Sachen zu stoßen.

Eines der ersten Dinge, die sie gelernt hatte, war der Umgang mit dem Langstock. Er war überraschend leicht, hatte einen Kautschukgriff wie manche Golfschläger und eine Plastikspitze. Man konnte den Stock zu einem sauberen, kleinen Stangenbündel zusammenfalten. Cheyenne hatte sich vorgenommen, ihn so oft wie möglich zusammengefaltet zu lassen, und hielt ihn nach Möglichkeit verborgen. Als die Lehrer ihr gesagt hatten, dass er im Dunkeln leuchtete, hatte sie sich ausgemalt, wie er sie verriet. Gerade nachts, der einzigen Zeit, in der sie gegenüber Sehenden vielleicht einen winzigen Vorteil hatte.

Aber wo sie in der Schule schon mal mit anderen Blinden zusammen war, wollte sie auch lernen, wie man ihn benutzte. Danielle hatte ihr einen Bibelvers vorgelesen. »Denn als Glaubende gehen wir unseren Weg, nicht als Schauende.« Wenn man einen Stock benutzte, war es genauso. Jeder Schritt war ein Schritt ins Leere, bis man wieder festen Boden unter den Füßen spürte.

Der Stock machte tack-tack. «Fühlen, nicht klopfen«, sagten die Lehrer. Sie brachten ihr bei, dass man ihn so wie einen Metalldetektor hin- und herstrich und den Punkt berührte, an dem der Fuß als Nächstes abgesetzt werden sollte. Wenn sie links nach vorne ging, tippte sie rechts auf den Boden. Falls ein Loch oder irgendetwas anderes im Weg wäre, würde es der Gehstock zuerst finden. Wenn sie Treppen runterging, hielt sie den Stock genau vor sich und vertraute inzwischen darauf, dass er aufstoßen würde, wenn sie unten angekommen war. Durch die Rückmeldung ihres Stocks konnte sie Gitter spüren, und wo es hochging, wo runter, Teppichböden, Fliesen, Holz, Kies, Bordsteine, Gras und diese üblen Schwingtüren.

Und sie hatte gelernt, dass ihr nicht nur der Stock sagte, was direkt vor ihr lag. Wenn sie genau hinhörte, konnte sie unterscheiden, ob das Geräusch von einer Backsteinmauer zurückgeworfen wurde oder von einem Vordach oder es an einem geöffneten Eingang widerhallte. Sie konnte manchmal sogar ohne Stock sagen, ob etwas vor ihr lag, ein Baum oder ein Telegrafenmast zum Beispiel. Als Blinde musste

Cheyenne jedes Schnipselchen an Information deuten, das sie von ihren anderen Sinnen bekam. Viele dachten, dass Blinde besondere Fähigkeiten hatten, aber in Wirklichkeit lernten sie einfach besser aufzupassen. Sie *mussten* aufpassen.

Jetzt wo sie auf Griffins Bett lag, erinnerte sie sich an das erste Mal, als ihr Lehrer sie alleine nach draußen geschickt hatte. Sie hatte sich auf eine Straße in der Stadt gewagt, den Schritten der anderen nachgelauscht und Angst gehabt, dass sie jemanden mit ihrem Stock erwischen würde. (Das war, bevor ihr klar geworden war, wie gut man mit einem Stock eine Menschenmenge kontrollieren konnte – wenn die Leute ihn erst einmal sahen, hielten sie meistens Abstand.) Sie fragte sich, ob die Leute sie anstarrten. Einmal dachte sie, sie hätte jemanden flüstern gehört, aber wahrscheinlich hatte sie sich das nur eingebildet. Ein paar Querstraßen weiter war ihr Atmen schließlich ruhiger geworden.

»Bist du blind?«, hatte jemand gefragt und sie erschreckt. Die Stimme gehörte einem kleinen Jungen.

Cheyenne drehte sich herum, war sich aber nicht sicher, ob sie in die richtige Richtung schaute. Sie holte tief Luft. »Ja«, gab sie zu.

»Dann bist du bestimmt ganz schön krank!« Anschließend hörte sie, wie er wegrannte.

Am Ende eines jeden Tages – Cheyenne war für drei Monate in dem Internat und kam nur an den Wochenenden nach Hause – fiel sie erschöpft ins Bett und schlief so tief, dass sie nicht mal träumte. Einerseits war sie froh darüber. Andererseits wünschte sie sich verzweifelt, dass sie wieder Zeit mit ihrer Mutter verbringen konnte, selbst wenn es nur in ihren Träumen war. In den wenigen Träumen, die sie von ihrer Mutter hatte, suchte sie jedes Mal in einer riesigen Menschenmenge nach ihr. Aber sie bekam sie immer nur kurz zu sehen, bevor ihre Mutter ein Zimmer verließ.

Als vor Griffins Tür plötzlich rumgebrüllt wurde, schlief Cheyenne so fest, dass sie nichts davon mitbekam.

Sie wollen Beweise? Ich gebe Ihnen Beweise

Griffin ging schnell ins Wohnzimmer zurück. »Was ist passiert?« Er hatte seinen Vater schon sehr, sehr lange nicht mehr so wütend erlebt. Das war zu Zeiten, als seine Mutter noch da gewesen war und sie hatte dann immer versucht, Roy aufzuheitern. Nicht, dass sie damit viel Erfolg gehabt hätte.

Wenigstens waren TJ und Jimbo ruhig und beobachteten Roy, wie sie sonst nur Duke ansahen.

»Nichts«, schnauzte sein Vater. Er hatte die Whiskey-Flasche aus dem Küchenschrank geholt und nahm einen Schluck. Dann schaute er zu den beiden Männern, die für ihn arbeiteten. »Warum hängt ihr eigentlich noch hier rum? Warum seid ihr nicht zu Hause?«

Jimbo wusste, dass es jetzt besser war, den Mund zu halten, aber TJ nicht. »Weil wir wissen wollen, was ihre Eltern gesagt haben«, sagte er. »Wann kriegen wir das Geld? Wie viel kriegen wir?«

»Wer hat irgendwas von *wir* gesagt?«, brüllte Roy. »Es ist mein bescheuerter Balg, der sie mit in mein Haus gebracht hat. Und ich bekomme ja wohl die Schuld, falls das alles schiefgeht. Ihr beiden könnt dann Zeugen der Staatsanwaltschaft werden und seid fein raus.«

»Aber –« TJ wusste wirklich nicht, wann man besser den Mund hielt.

»Kein Aber. Geht nach Hause. Jetzt.« Roy nahm noch einen Schluck und wischte sich den Mund mit seinem Handrücken ab. »Wir reden morgen drüber.«

»Dürfen wir sie noch mal sehen?«, fragte TJ.

»Nein«, sagte Griffin bestimmt. »Sie muss sich ausruhen.«

»Hast sie wohl fix- und fertiggemacht?«, meinte TJ und grinste anzüglich. »Komm schon, lass TJ mal kurz schauen. Sie ist aber auch ein Leckerbissen.«

Griffin machte zwei Schritte, damit er zwischen ihnen und dem Gang stand. »Ihr habt Roy gehört – geht nach Hause.«

TJ schaute ihn überrascht an. Er wich nicht zurück, aber weiter ging er auch nicht.

Schließlich war es Jimbo, der einen Funken Verstand zeigte. »Komm schon, geh'n wir. Sieht so aus, als würde heute Abend nichts mehr passieren.«

»Dad, was ist los?«, fragte Griffin, nachdem die Tür hinter ihnen ins Schloss gefallen war. »Sie haben ihre Eltern im Fernsehen gezeigt«, er beschloss den Teil auszulassen, wie schön das Haus ausgesehen hatte, »und die haben gesagt, dass sich niemand mit ihnen in Verbindung gesetzt hat. Hast du sie nicht angerufen?«

Roy schaute weg. »Es hat eine Weile gedauert, bis ich ein Handy gefunden habe, das ich gebrauchen konnte. Und als ich es endlich hatte, habe ich den Zettel mit den Nummern nicht mehr gefunden.«

Griffin war durcheinander. »Was redest du da?«

Sein Vater lehnte sich nach vorne, bis ihre Gesichter nur Zentimeter voneinander entfernt waren, und betonte sorgfältig jedes Wort. »Ich – habe – ihn – verloren.« Griffin begriff, wie schlecht Roys Laune tatsächlich war. »Ich hab diesen Scheißzettel verloren. Also konnte ich nicht anrufen. Ich hab überlegt, wie ich es am besten anstellen sollte. Also bin ich runter ins *Green Roof* und hab mir ein paar Sachen aufgeschrieben.«

Das *Green Roof Inn* war eine Spelunke und ungefähr zwanzig Meilen entfernt. Roy ging manchmal dahin, wenn er eine Runde Pool spielen wollte oder Bier trinken, bis sie ihn mal wieder wegen einer Schlägerei rauswarfen. Sie ließen ihn trotzdem immer wieder rein. Wenn sie all ihren Besuchern wegen so eines Verhaltens Hausverbot erteilen würden, hätten sie bald keine mehr. »Also ja, ich habe diese reichen Mistkerle im Fernseher über der Bar gesehen. Was für ein Geheule, von wegen«, seine Stimme wurde schriller, »bu-huh, mein Baby ist nicht mehr da.« Dann redete er mit normaler Stimme weiter. »Und als ich dann nach draußen zum Auto bin und anrufen wollte, hab ich den Zettel nicht mehr gefunden. Vielleicht tun sie ja nur so. Ich mein, komm schon, wenn man die ganze Zeit auf dieses behinderte Mädchen aufpassen muss, ist das ja wohl ein ganz schöner Klotz am Bein. Vielleicht wollen sie sie ja loswerden und neu anfangen.«

»Ich glaube, Cheyenne ist ziemlich unabhängig«, sagte Griffin. Er wollte sie auf einmal verteidigen. »Sie hat einen Blindenhund und alles.« Er machte eine kleine Pause und sagte dann schnell: »Ich habe nachgedacht. Vielleicht sollten wir sie einfach gehen lassen. Ohne Lösegeld. Und wenn die Bullen rausfinden, wer wir sind, was sie wahrscheinlich nicht werden, können wir sagen, dass alles nur ein Irrtum war.«

Der Schlag in seinen Bauch kam völlig überraschend. Das Nächste, an das sich Griffin erinnerte, war, dass er zusammengekrümmt auf dem Boden lag. Irgendwo in ihm drin steckte sein Atem fest. Er riss den Mund auf, wie ein Fisch, der auf die Planken eines Bootes geworfen worden war, aber es kam nichts rein und es ging nichts raus. Die Zeit verlangsamte sich, und er konnte alles mit einer strahlenden Deutlichkeit sehen – eine Büroklammer auf dem Teppich, die Schrammen an den Kappen von Roys Arbeitsschuhen. Würde er sterben?

Und dann strömte schließlich die Luft in seinen Körper zurück. Es tat genauso weh wie ohne Luft.

»Eine tolle Idee, die du da hast!« Roy beugte sich über ihn und brüllte: »Glaubst du wirklich, dass die drüber wegsehen, was wir hier machen?« Mit jedem Wort sprühte Spucke auf Griffins Gesicht. »Die Kleine könnte unser Ticket in die Freiheit sein. An Silvester will ich irgendwo an einem warmen Strand sitzen und Mai Tais trinken. Und jetzt könnte es wirklich klappen. Aber nur wenn wir unsere Karten ohne den kleinsten Fehler ausspielen.«

Griffin schaffte es, sich aufzusetzen. Er drehte den Kopf und legte seine Wange auf die hochgezogenen Knie.

»Klar, du hast es vermasselt, als du nicht auf den Rücksitz geguckt hast. Aber jetzt könnte es das Beste sein, was uns jemals passiert ist. Also geh jetzt und hol sie. Ich brauch noch mal die Nummern.«

Seinem Vater zu widersprechen, brachte nichts, das hatte Griffin gerade wieder einmal erlebt. Er stand auf, um Cheyenne zu holen. Sie schlief. Als er sie an der Schulter berührte, wachte sie mit einem Ruck auf, stieß ihn mit beiden Händen von sich, schnell und panisch atmend.

»Ganz ruhig«, sagte er. »Ich bin's. Mein Dad will mit dir reden.«

»Was haben meine Eltern gesagt?« Sie sah ängstlich und aufgeregt aus und setzte sich auf. »Warum haben sie so getan, als hätten sie noch nicht mit ihm gesprochen?«

»Weil sie es noch nicht haben. Er braucht noch mal die Telefonnummern von dir. Er hat den Zettel verloren. Aber sag lieber nichts dazu. Er ist richtig schlecht gelaunt.«

Cheyenne wischte alle Gefühlsregungen aus ihrem Gesicht und nickte. Griffin band ihr Bein los und führte sie den Gang entlang.

Roy wartete im Wohnzimmer und hielt ein so riesiges Handy in der Hand, dass es fast schon lächerlich aussah. »Also gut, wie war noch mal eure Festnetznummer?«

Cheyenne wiederholte sie mechanisch.

Griffin beobachtete den Gesichtsausdruck seines Vaters, während der dem Freizeichen lauschte. Sein Gesicht änderte sich, als jemand abhob.

»Jetzt hör'n Sie mal gut zu«, bellte Roy in den Hörer. »Ich hab das Mädchen. Ich habe Cheyenne Wilder. Ich biete Ihnen ein Geschäft an. Sie geben mir Geld und ich gebe das Mädchen zurück. Ganz einfach.«

Er kniff die Augen zusammen. »Sie wollen Beweise? Ich geb Ihnen Beweise.« Er hatte vergessen, dass sie blind war, und schob ihr das Telefon entgegen. Als sie es nicht nahm, fluchte er und fummelte es in ihre Hand. »Sag bloß nichts Falsches«, warnte er sie.

»Daddy?« Cheyennes Gesicht veränderte sich. Auf einmal sah sie wie ein kleines Kind aus. »Daddy?« Sie biss sich auf die Lippe, als sie die Antwort hörte. »Oh, mir geht's gut, aber –«

»Das reicht.« Roy riss ihr das Telefon aus der Hand und presste es gegen sein Ohr. »Ich bin mir ziemlich sicher, dass Sie das aufgenommen haben. Jagen Sie es durch Ihren Computer oder lassen Sie es ihre Eltern hören, und die werden Ihnen sagen, dass ich die Wahrheit sage. Und sagen Sie ihnen, dass wir fünf Millionen Dollar wollen. Nicht größer als 50-Dollar-Scheine. Schön saubere, unnummerierte Scheinchen. Oder ihr bekommt sie in Stücken zurück.«

Griffin klappte der Unterkiefer runter. Fünf Millionen. Himmel, warum hatte sein Vater nicht gleich fünfhundertzigtausend Billionen gesagt? Fünf Millionen gingen nicht. Selbst wenn sie alles in Fünfzigern bekommen würden, wären das noch immer – er dachte kurz nach – hunderttausend Scheine. Dafür bräuchten sie einen Gabelstapler.

»Wir melden uns wieder«, sagte Roy fast fröhlich. Er drückte das Gespräch weg und grinste Griffin an. Seine Wut hatte sich anscheinend in Luft aufgelöst. Aber nach siebzehn gemeinsamen Jahren wusste Griffin, dass das trügen konnte.

»Das war nicht mal mein Dad, mit dem ich reden musste«, sagte Cheyenne zu Roy. »Wissen Sie das? Das war nicht mal mein Dad.« Tränen glänzten auf ihren Wangen, aber ihre Stimme zitterte kein bisschen.

Roy zuckte mit den Schultern. »Bestimmt ein Bulle. Ich hab es in der Leitung klicken hören. Wahrscheinlich haben sie versucht, das Telefon aufzuspüren. Deswegen habe ich auch aufgelegt, sicher ist sicher. Das nächste Mal, wenn ich anrufe, sage ich ihnen, dass sie das Geld in eine Tasche stecken und dann irgendwo rauswerfen sollen, wo wir sie beobachten können und sicher sind, dass niemand gefolgt ist. Wenn wir das Geld haben, prüfen wir, dass kein Sender drin versteckt ist oder Farbe an den Scheinen klebt. Und dann lassen wir dich frei.«

Cheyenne nickte. Sie sah so aus, als würde sie Roy nicht glauben.

Griffin war sich nicht sicher, ob er es tat.

Er hatte zum ersten Mal einen beunruhigenden Gedanken. Roy würde Cheyenne doch irgendwann gehen lassen – oder?

Bei Dunkelheit arbeiten

Cheyenne tauchte aus einem Traum auf, in dem sie sich verlaufen hatte und gegen Sachen gestoßen war.

»Hast du Hunger?«, fragte Griffin von der Tür her.

Sie brauchte kurz, um sich zu orientieren. Sie war in einem Zimmer in einem alten Haus irgendwo am Ende der Welt. Nur vier Leute wussten, wo sie war. Und das waren auch diejenigen, die sie gefangen hielten.

»Hast du Hunger?«, fragte Griffin wieder.

Sie war nicht hungrig. Sie war gar nichts. Sie war leer. Nachdem ihr Fluchtversuch gescheitert war, hatte sie ihre Hoffnungen darauf gesetzt, dass Griffins Vater einen Deal vorschlagen würde. Sie hatte sich eingeredet, dass sie vielleicht noch heute Nacht zu Hause sein würde. Sie hatte versucht, sich die Einzelheiten nicht zu genau auszumalen. Das einzige Zugeständnis an die Wirklichkeit war, dass es wahrscheinlich nicht vor Mitternacht passieren würde.

Obwohl Cheyenne immer noch nicht geantwortet hatte, redete Griffin so weiter, als ob sie es doch getan hätte. »Ich muss ein bisschen was zu essen in meinen Dad kriegen, damit es den ganzen Alkohol aufsaugt, den er getrunken hat. Wir haben Tiefkühlpizza, die ich aufbacken kann. Wie wär's? Und dazu Orangensaft?« Griffin musste fast schreien, um sich über die Musik, die aus dem Wohnzimmer dröhnte, verständlich zu machen. Es war irgendeine Art Heavy Metal. Kopfschmerzmusik.

Cheyenne nickte. Sie zog die Steppdecke über sich und schloss die Augen. Natürlich musste sie das nicht machen, damit es dunkel wurde, aber es zeigte ziemlich gut, dass sie nicht mehr reden wollte.

Sie döste vor sich hin, bis sich Griffin auf die Bettkante setzte und ihr die Steppdecke wegzog. »Ich hab mir überlegt, dass ich hier drin mit dir esse.«

Als sie sich aufsetzte, konnte Cheyenne sich riechen, ein widerlicher Geruch aus Angst und Fieber. Komisch, wie schnell Dinge normal werden konnten, dachte sie, als sie den Teller aus Griffins Händen nahm. Sie mochte es nicht, wenn ihr kalt oder wenn sie schmutzig war, sie mochte es nicht, wenn ihr Leute sagten, was sie zu tun hatte. Aber hier saß sie nun, und es fühlte sich fast so an, als wäre es normal. Das galt auch für die Schnur um ihren Knöchel. Sie bemerkte sie fast gar nicht mehr. Wenigstens hatte jemand die Musik leiser gestellt.

»Links neben deinem Ellbogen steht ein Glas – ungefähr fünfzehn Zentimeter weit weg«, sagte Griffin. »Ähm, auf zehn Uhr.«

Sie nahm eins der beiden Stücke auf ihrem Teller und biss ab. Es war Pepperonipizza, die vor allem nach Salz und Fett schmeckte und eine dicke weiche Kruste hatte. Danielle legte ziemlich viel Wert auf gesunde Ernährung. Über die Pizza wäre sie garantiert entsetzt gewesen.

Cheyenne biss noch mal ab. Vielleicht war sie morgen

schon zu Hause. Vielleicht würde sie in vierundzwanzig Stunden gerade aus der Dusche steigen und sich in frische Laken legen.

Griffin redete mit vollem Mund. »Wie ist das, wenn man blind ist?«

»Denkst du jede Sekunde daran, wie es ist, dass du Haare auf dem Kopf hast?« Cheyenne schnaubte durch die Nase. »Ich bin es jetzt nun mal. Ich versuche, nicht die ganze Zeit daran zu denken.« Was stimmte. Aber es funktionierte nicht. Sie vergaß nie wirklich, dass sie blind war. Und selbst wenn sie es doch mal für eine Minute tat, konnte sie sich darauf verlassen, dass irgendetwas sie daran erinnerte. In der Regel schmerzhaft. Sie seufzte. »Zuerst fühlt es sich so an, als hätte dir jemand eine Decke über den Kopf geworfen. An manchen Tagen wollte ich einfach nur schreien: Ich bin hier drinnen! Sieht das da draußen denn niemand? Erinnert sich denn niemand mehr an mich? Ich bin immer noch derselbe Mensch.« Cheyenne verstummte. Sie wusste, dass der letzte Satz nicht stimmte, auch wenn sie es gerne hätte. Sie war nicht mehr derselbe Mensch. »Als Blinde hat sich mein Leben völlig verändert. Ich hatte nicht darum gebeten.« Sie leckte das Fett von ihren Fingern. »Deshalb unterhalte ich mich lieber am Telefon oder am Computer mit jemand anderem. Weil wir dann gleich sind. Wir sind ebenbürtig.«

»Was soll das heißen, ebenbürtig?«

Cheyenne versuchte in Worte zu fassen, was sie noch nie ausgesprochen hatte. »Überleg doch mal, wie viel Reden damit zu tun hat, was man sieht oder hört. Wenn man neue Leute trifft, weiß man gleich total viel über sie, noch bevor sie ein einziges Wort gesagt haben. Einfach durch ihre Kleider, wie sie stehen, durch ihren Gesichtsausdruck. Aber davon sehe ich nichts mehr. Außerdem rede ich manchmal mit Leuten, die schon längst weggegangen sind, oder ich antworte Leuten, die überhaupt nicht mit *mir* gesprochen haben. Aber wenn ich mich mit jemandem über den Computer oder am Telefon unterhalte, sind wir auf gleicher Höhe. Wir haben exakt den gleichen Wissensstand.«

Während sie redete, schob Cheyenne ihre Hand in die Manteltasche und betastete das Glasstück, das dort zwischen dem Trockenfutter lag. Es beruhigte sie ein wenig. Die Scherbe war ihre Geheimwaffe. Sie strich mit dem Finger vorsichtig an einer Kante entlang, ohne ihre Unterhaltung zu unterbrechen. Griffin hatte keine Ahnung, was sie gerade tat. Sehende mussten immer alles vor Augen haben, sogar Sachen, von denen ihre Finger ihnen schon längst etwas erzählten. Wenn sie etwas in ihren Hosentaschen suchten, schauten sie immer runter, und wenn sie durch ihre Handtaschen wühlten, ging das nicht, ohne dass sie fast mit ihrem Kopf darin verschwanden. Sie kannte das, weil sie früher eine von ihnen gewesen war.

Aber Blinde wussten, wie man Sachen machen konnte, ohne sich zu verraten. Ihre Hände konnten bei Dunkelheit arbeiten, so wie Maulwürfe, die blind eifrig vor sich hin gruben und immer dort ankamen, wo sie hinmussten. Blinde konnten so aussehen, als würden sie aufmerksam zuhören, obwohl sie in Wirklichkeit etwas ganz anderes aufmerksam verfolgten.

»Was ist denn überhaupt passiert? Dein Dad hat gesagt, du hast einen Unfall gehabt.«

Stille breitete sich aus, bis Cheyenne ihm schließlich doch antwortete. »Es ist in dem Sommer passiert, als ich dreizehn war. Meine Mutter ist in Medford aufgewachsen und wir waren dort unten und haben meine Großmutter besucht. Nur wir zwei. Mein Vater war auf Geschäftsreise. Er ist wegen Nike oft unterwegs.« Sie holte tief Luft. »Wir waren lange spazieren und die Sonne ging gerade unter. Wir, das waren meine Mutter, mein Hund Spencer und ich. Wir sind diese lange, gerade Straße entgegen der Fahrtrichtung entlanggelaufen. Es gab keine Gehwege, an der Seite lag einfach Schotter. Jedes Auto, das von hinten kam, hat unsere Schatten weit vorausgeworfen. Sie waren meterlang und ganz dünn.« Als sie erzählte, sah sie es beinahe vor sich. »Wenn dann die Autos näher kamen, sind auch unsere Schatten näher und näher gerückt und sie wurden kürzer und kürzer. Ich hab zu meiner Mutter gesagt, dass es so aussieht, als würden unsere Schatten rückwärtslaufen. Und das war das Letzte, was ich für immer zu ihr gesagt habe.«

Sie erinnerte sich daran, wie ihre Mom in dem Zwielicht gelächelt hatte, ihre Locken waren zerzaust. Wie so oft am Ende eines Tages. Ihre Mom war schön gewesen, zumindest hatte Cheyenne sie so in Erinnerung. Dabei hatte sie nicht halb so viel Zeit beim Friseur oder im Fitnessstudio verbracht wie Danielle. Aber sie hatte viel Zeit für Cheyenne gehabt. Sie hatten über dieselben Witze gelacht, Witze, die ihr Dad nie so lustig fand wie sie. Jeden Samstag hatte ihre Mom sie zur Bücherei mitgenommen und sie waren beide mit einem dicken Bücherstapel nach Hause gekommen.

Wenn jemand Cheyenne fragte, was passiert war, sagte sie immer nur »Autounfall«, und das in einem Tonfall, der jedem klarmachte, dass sie kein weiteres Wort darüber verlieren wollte. Sie sprach nie darüber. Nie.

Jetzt holte sie zitternd Luft. »Gerade noch gehen wir spazieren und beobachten unsere kürzer werdenden Schatten und dann kommen auf einmal zwei Autos hinter uns angefahren. Es waren zwei jugendliche Raser, und einer ist auf der falschen Spur gefahren, der Spur neben uns. Dann muss der Typ wohl die Scheinwerfer von einem entgegenkommenden Auto gesehen und Panik bekommen haben. Er ist ausgeschert und hat uns erwischt.« Sie erzählte nicht, dass der Körper ihrer Mutter meterweit von der Stelle gefunden wurde, an der sie den Unfall gehabt hatten.

»Das Auto ist genau über Spencer gefahren. Mein Hund. Es hat mich nicht voll erwischt, sonst wäre ich auch tot. Stattdessen hat es mich gegen ein Geschwindigkeitsbegrenzungsschild geschleudert. Ich bin mit dem Kopf gegen den Pfosten geknallt.« Cheyenne merkte, dass sie unbewusst mit den Fingern durch ihren Pony fuhr, den sie immer sorgfältig zerstrubbelte, damit man die Narben nicht sah. Ihr Zeigefinger zeichnete die Locken nach. »Und mein Gehirn ist von meinem Hinterkopf zurückgeprallt, und als das passiert ist, wurde der Teil zerstört, der mir sagt, was ich sehe. Meine Augen funktionieren also noch immer. Aber mein Gehirn kann die Informationen einfach nicht verarbeiten.«

Es war lange still. »Warst du bewusstlos?«, fragte Griffin schließlich leise.

»Nur für ein paar Sekunden. Als ich wieder zu mir kam, konnte ich nichts sehen. Ich hab gefühlt, dass Blut an meinem Gesicht hinunterlief, und ich habe mir eingeredet, dass ich deswegen nicht sehen konnte. Ich wusste, dass mein Arm gebrochen sein musste, aber sonst schien alles in Ordnung zu sein. Ich habe nach meiner Mutter geschrien und mit meinem gesunden Arm nach ihr getastet. Aber alles was ich gefunden habe, war einer ihrer Schuhe. Ich schätze, sie ist regelrecht aus ihren Schuhen gekippt.« Cheyenne schwieg. Ihr Kopf wurde von Erinnerungen überflutet.

Lange Wörter machen mir Angst

Griffin konnte nicht schlafen. Der Boden war hart und die Kälte kroch durch den alten Schlafsack. Cheyenne war nach dem Abendessen erschöpft eingeschlafen. Griffin hatte sie mit der Steppdecke zugedeckt und dann nicht gewusst, was er mit sich anstellen sollte. Sein Dad sang inzwischen zur Musik aus der Stereoanlage, aber wenn Roy trank, konnte sich seine Stimmung von jetzt auf gleich ändern. Griffin war in seinem Zimmer geblieben und hatte sich ganz an den Rand des Bettes gesetzt. Er blätterte Comics durch oder beobachtete Cheyenne, bis sein Vater endlich die Musik abstellte und ins Bett wankte.

Griffin hatte nicht gewusst, wo er schlafen sollte. Er hatte überlegt, ob er sich aufs Sofa legen sollte, aber er wollte Cheyenne nicht allein lassen. Zum einen wollte er sie bewachen, zum anderen aber auch auf sie aufpassen. Er hatte sich letztlich für den Fußboden entschieden. Jetzt bereute er seine Entscheidung. Cheyennes Schlaf war unruhig geworden. Sie stöhnte und strampelte mit ihren Füßen, was für ihn das Einschlafen nicht einfacher machte.

Schließlich hatte er sich hingesetzt und sie angeschaut. Er konnte das dunkle Durcheinander ihrer Haare erkennen, aber das war's dann auch fast schon. Es hörte sich an, als ginge es ihr schlechter, aber im Dunkeln konnte er schwer beurteilen, wie krank sie wirklich war. Irgendwann wurde ihm klar, dass die normalen Regeln nicht mehr galten. Er stand leise auf und machte das Licht an, die plötzliche Helligkeit ließ ihn zusammenzucken.

Cheyenne rührte sich nicht, sie lag zusammengerollt auf einer Seite. Griffin kniete sich direkt neben das Bett, damit er sie besser sehen konnte. Sie hatte einen schönen, weichen Mund, ihre Lippen waren leicht geöffnet. Wenn sie ausatmete, rasselte es in ihrer Brust. Schwarze, feuchte Haarsträhnen klebten auf ihrem geröteten Gesicht. Es sah aus, als hätte sie Fieber.

Griffins Hand schwebte über ihrer Stirn, dann legte er sie sachte darauf ab. Ihr Gesichtsausdruck blieb unverändert. Sie fühlte sich heiß an – aber wie heiß genau? Wenn das Fieber zu hoch stieg, konnte es dann nicht das Gehirn schädigen?

Griffin legte seine freie Hand auf die eigene Stirn. Die fühlte sich auch heiß an. Wie war es, wenn er seine rechte Hand von ihrer Stirn direkt auf seine legte? Er konnte keinen großen Unterschied feststellen, außer dass ihre feucht war und seine nicht. Sein Handteller war ganz offensichtlich kein brauchbares Thermometer. Dann hatte er eine Idee. Wenn er ihre Stirn mit seiner berühren würde, wüsste er sicher, wie viel wärmer sie war.

Griffin lehnte sich nach vorne und drückte seine Stirn vorsichtig gegen Cheyennes. Ganz sicher wärmer. Kochte ihr Hirn schon in ihrem Schädel? Er überlegte gerade, ob er nicht einfach versuchen sollte, sie aus dem Haus zu schmuggeln und sie dann vor einem Krankenhaus rauszuwerfen, als Cheyenne sich mit einem Ruck aufsetzte. Ihre Köpfe krachten zusammen.

Sie schrie auf und stieß ihn weg.

»Schhh!« Er wollte Roy nicht wecken. »Ich bin's nur, Griffin.«

Cheyenne senkte ihre Stimme zu einem Flüstern. »Was machst du da?« Sie hörte sich klarer an, als er es an ihrer Stelle gewesen wäre. »Versuchst du mich zu küssen oder so was?«

»Nein!« Peinlicherweise brach seine Stimme. »Ich wollte bloß rausbekommen, ob du Fieber hast.«

»Und?«

»Und ich glaube, ja.«

»Das weiß ich schon lange.« Sie setzte sich aufrecht hin und rutschte zurück, bis ihre Schultern die Wand berührten, dann kreuzte sie die Arme und legte sie auf ihre Knie. Sie hatte immer noch den gestreiften Schal und ihren bauschigen silbernen Mantel an.

»Aber ich glaube, dir geht es schlechter als vorher«, beharrte Griffin. Er dachte daran, was ihr Vater gesagt hatte. Cheyenne konnte nicht wirklich an einer Lungenentzündung sterben, oder doch? Obwohl, waren früher nicht Leute daran gestorben, damals, als es noch keine Antibiotika gab?

Sie mussten dasselbe gedacht haben. »Der Arzt hat erzählt, dass man Lungenentzündungen früher auch den Freund der alten Leute genannt hat«, sagte sie. »Und zwar weil viele Leute, wenn sie alt und gebrechlich waren, daran gestorben sind, aber meistens ruhig und sanft.«

»Toller Freund«, sagte Griffin. »Wart mal kurz, mir ist was eingefallen.«

Er schlich den Gang entlang ins Bad. Der Duschvorhang lag noch immer in der Wanne. *Mist.* Den hatte er total vergessen. Cheyennes Fluchtversuch musste in einem anderen Leben gewesen sein. Er versuchte den Vorhang wieder aufzuhängen, aber er war nun mal aus den Ringen gerissen. Als es rasselte, zuckte er zusammen. Wenn Roy danach fragen würde, musste Griffin wohl behaupten, dass er gestolpert und hingefallen war – oder vielleicht war es besser, wenn Cheyenne hingefallen war. Das war schließlich wahrscheinlicher.

Er ließ den Vorhang in die Wanne zurückfallen, kniete sich hin und öffnete den Schrank unterm Waschbecken. Direkt unter dem gebogenen, silbernen Abflussrohr stand ein Plastikkorb mit Franzbranntwein, Ibuprofen, einem abgebrochenem Kamm und einzelnen Pflastern. Kein Thermometer. Aber es lagen verschiedene Medikamente darin, die aus irgendeinem Grund nie gebraucht oder nicht aufgebraucht worden waren. Griffin wühlte sich durch Muskelentspannungsmittel, Wundsalbe und Hustenstiller. Er nahm die Ibus und die Hustenpillen. Nachdem er braune Flasche um braune Flasche ins Licht gehalten hatte, sah er auf einmal mit Genugtuung das Wort *Cipro*. Er wusste, dass Cipro ein Antibiotikum war. Auf dem Etikett stand: Patient Janie Sawyer.

Es war eine ziemliche Überraschung, den Namen seiner Mutter zu lesen. Plötzlich schoss ihm eine Erinnerung in den Kopf – ihre dunklen Augen, die hohen Wangenknochen, das lange rotbraune Haar, das ihr bis zur Hüfte reichte. Wenn sie wütend oder traurig war, hatte sie sich hinter ihren Haaren versteckt, oder wegen eines Dutzends anderer Gefühle, von denen Roy nichts wissen wollte. Manchmal hatte sie Roy die Stirn geboten, aber nicht sehr oft. Und seit sie gegangen war, war Roy nur noch schlimmer geworden.

Laut dem Aufdruck auf der Flasche war das Rezept vor sechseinhalb Jahren abgelaufen, ein Jahr nach dem Tag, an dem seine Mutter es abgefüllt bekommen hatte. Aber wie hoch war die Wahrscheinlichkeit, dass ein Medikament plötzlich nach 365 Tagen seinen Geist aufgab? Vermutlich mussten sie das Verfallsdatum aus rechtlichen Gründen angeben. Oder damit sie mehr verkaufen konnten. Griffin öffnete die Flasche. Die weißen Kapseln sahen okay aus. Er schnupperte. Sie rochen nach nichts Besonderem.

Auf der Gebrauchsanweisung stand, dass man drei Mal pro Tag eine Tablette nehmen sollte, und das sieben Tage lang. Es waren nicht mehr sehr viele Tabletten übrig – vielleicht acht oder neun – aber immerhin genug, um Cheyenne jetzt am Anfang zu helfen.

In der Küche goss Griffin Wasser in eins der Gläser, die er vorhin gespült hatte. Zurück im Schlafzimmer schloss er leise hinter sich die Tür und sagte dann halb flüsternd: »Ich habe mir gedacht, wenn du dein Rezept nicht abholen kannst, muss das Rezept eben zu dir kommen.«

Cheyenne sah verwirrt aus. »Was?«

»Cipro.« Griffin rasselte mit der Flasche. Als sie ihn immer noch verständnislos anschaute, sagte er: »Das ist ein Antibiotikum.«

»Aber gibt es nicht verschiedene Antibiotika, je nachdem, was man hat? Was, wenn das nicht für Lungenentzündungen ist?«

»Schlechter kann es dir damit ja wohl kaum gehen.«

Warum musste sie an allem rummeckern? »Hör mal, es schadet wahrscheinlich nichts, aber es könnte helfen.«

»Aber was ist, wenn es die Bakterien nur zur Hälfte abtötet und der Rest noch heftiger zurückkommt? Wir haben in Biologie etwas über Antibiotika-Resistenzen gelernt.«

Griffin seufzte und setzte sich aufs Bett »Was ist los mit dir? Musst du immer wegen allem streiten und diskutieren?«

»Ja. Ja, das muss ich«, antwortete sie ernsthaft. Durch ihre heisere Stimme klang sie älter.

»Na, gut, aber nimm trotzdem eine. Außerdem habe ich noch Ibus für dein Fieber und auch was für deinen Husten.« Er drückte ihr die Tabletten in die eine und das Glas in die andere Hand. Würde es helfen, wenn sie die doppelte Menge an Antibiotika nahm? Er könnte einfach behaupten, dass auf der Gebrauchsanweisung stand, sie müsse sie zehnmal am Tag mit Wein einnehmen. Oder einmal alle zwei Wochen, oder sogar, dass es ganz andere Medikamente waren. Er könnte alles behaupten.

»Wo hast du denn Biologie?«, fragte er stattdessen. »Gehst du auf eine extra Blindenschule?«

Cheyenne schüttelte den Kopf. »Ich bin in einer Integrationsklasse. Ich gehe auf die Catlin Gabel.«

Griffin schnaubte. »Integrationsklasse! Weiß ja sogar ich, dass das eine von diesen noblen Privatschulen ist.«

Cheyenne wurde rot. »Auf jeden Fall ist es keine Spezialschule für Behinderte. Ich bin da die einzige Blinde, was manchmal ganz schön schwierig ist. Manchmal vergessen die Lehrer es und zeigen auf etwas oder schreiben Sachen an die Tafel und sagen nicht, was sie geschrieben haben. Seit ich Phantom habe, passiert das nicht mehr so oft. Er ist wie ein

Hinweisschild, so in die Richtung: Oh, stimmt ja, Cheyenne ist blind.« Sie legte sich die Tabletten in den Mund, nahm einen Schluck Wasser und legte ihren Kopf zurück. Dabei bewegte sich ihr Kehlkopf.

»Was hast du noch für Fächer außer Biologie?«

Sie stellte das Glas auf der Kommode ab und rieb sich übers Gesicht. »Geschichte für Fortgeschrittene, Deutsch, Englisch und Trigonometrie.«

»Oh«, sagte Griffin. Er kam sich dumm vor, so wie er sich immer gefühlt hatte, als er noch zur Schule gegangen war.

Cheyenne schien es nicht zu bemerken. »Seit ich blind bin, muss ich auch ein paar Extrakurse belegen. Ich habe meinen Computerkurs in einem Raum, den sie nur für mich eingerichtet haben. Der Computer in der Schule und meiner zu Hause haben ein spezielles Programm. Sie können mir vorlesen, aber manchmal stimmt die Betonung nicht und die Stimme ist ziemlich flach.« Die nächsten Wörter sagte sie wie ein Roboter. »Und er liest jedes Wort vor, das ich eintippe. Dann weiß ich immer sofort, ob ich einen Fehler gemacht habe.«

»Was ist mit den Leselisten? Hast du eine Maschine, die dir Bücher vorliest?«

»Lesen.« Cheyenne stieß einen langen Seufzer aus. »Lesen vermisse ich wirklich. Ich vermisse, dass ich mir nicht mehr einfach ein Buch aussuchen kann, verstehst du! Es gibt tausend Möglichkeiten, wie man als Blinder lesen kann, aber ich finde keine davon richtig gut. Manchmal bezahlt Danielle einen Vorleser für mich. Ehrenamtliche lesen mir meine Schulbücher vor. Da ist einer dabei, der sich immer erkältet anhört. Ich kann ihn fast gar nicht verstehen. CDs und Downloads finde ich viel besser, du weißt schon, Hörbücher, die gleichen, wie sie auch Sehende kaufen. Hast du schon mal den Typen gehört, der *Harry Potter* liest?« Sie strahlte. »Er ist großartig. Er hat für jede Figur eine andere Stimme.«

Griffin lächelte sie an. Cheyenne lächelte zwar auch, aber es war natürlich kein gemeinsames Lächeln. Es musste seltsam sein, dass man sich nicht ohne Worte mit jemandem verständigen konnte, einfach indem man die Augen verdrehte oder grinste oder ein Gähnen unterdrückte.

»Aber wenn ich allein lese«, fuhr Cheyenne fort, »bin ich keine besonders gute Leserin.«

Griffin war überrascht. »Ehrlich? Aber du bist doch schlau.«

»Ich meine, ich bin nicht so gut in Braille.«

»Braille? Sind das diese kleinen Punkte zum Beispiel auf den Knöpfen von Aufzügen?«

Sie nickte. »Ja. In jedem Braillekästchen kannst du die unterschiedlich angeordneten Punkte fühlen. Und dann muss man auswendig lernen, was sie bedeuten. Ich habe Freunde, die blind zur Welt gekommen sind, und die sind viel schneller als ich. Sie benutzen zum Lesen sogar beide Hände. Ich muss richtig langsam machen und selbst dann komme ich durcheinander. Wenn ich nur einen Punkt falsch lese, kann ein ganz anderes Wort dabei herauskommen. Lange Wörter machen mir Angst.«

Cheyenne hatte ja keine Ahnung, wie gut Griffin sie verstand. »Aber du würdest lange Wörter verstehen, wenn sie dir jemand sagt, oder?«

»Na klar. Ich kann sie nur nicht mehr lesen.«

»Ich kann auch nicht gut lesen«, gab er zu. »Einmal musste ich in der Schule laut vorlesen. Und da war dieses Wort. Und ich habe immer wieder ›Blumento. Pferde. Blumento-Pferde‹ gelesen. Es sollte ein Artikel über Pflanzen sein, und ich habe die ganze Zeit an eine Pferderasse gedacht, von der ich noch nie was gehört hatte.«

»Blumento-Pferde«, sprach Cheyenne ihm nach. Dann verstand sie es. »Oh. Blumentopf-Erde. Ja, das leuchtet ein. Bist du mal auf Legasthenie getestet worden?«

»Ich bin nicht zurückgeblieben«, sagte Griffin schnell und wünschte, er hätte sich ihr nicht geöffnet.

»Nein, aber das bedeutet Legasthenie auch nicht. Legasthenie heißt, dass man zum Beispiel mit dem Leseerwerb an sich Schwierigkeiten hat und nicht damit, den Sinn zu verstehen. So wie ich eben Schwierigkeiten mit Braille habe.« Sie setzte sich gerade hin. »Du könntest von der gleichen Stelle Tonaufnahmen bekommen wie ich. Die sind nicht nur für Blinde da. Man kann sie einfach über den Schulbezirk bestellen.«

»Wie kommst du darauf, dass ich noch zur Schule gehe?«, sagte Griffin ernüchtert. Er hatte gehofft, dass sie ihn für ungefähr dreißig hielt. Dreißig schien ihm ein vernünftiges Alter zu sein.

»Zum einen lebst du noch bei deinem Vater.« Cheyenne zuckte mit den Schultern. »Ich weiß auch nicht. Aber je länger ich dir zuhöre, desto mehr glaube ich, dass du ungefähr so alt bist wie ich. Blinde sind gut darin, andere einzuschätzen.« Sie lehnte sich nach vorne. »Deswegen weiß ich auch, dass du nicht so wie die anderen Typen hier bist.«

Lauter Wenns

Cheyenne konnte es sich selbst ausrechnen. Diese Männer waren der Meinung, sie würden fünf Millionen Dollar von ihrem Dad bekommen. Was sie vielleicht tatsächlich könnten, wenn er genug Zeit hätte. Und danach gab es für sie zwei Möglichkeiten.

Erste Möglichkeit: das Mädchen freilassen, das der Polizei dabei helfen könnte, sie zu finden.

Zweite Möglichkeit: das Mädchen töten und einen guten Platz finden, wo man die Leiche verstecken kann.

Und je länger sie hier war, desto größer wurde die Wahrscheinlichkeit, dass sie allmählich dachten, es wäre nicht unbedingt zu ihrem Besten, sich für die erste Möglichkeit zu entscheiden. Egal ob blind oder nicht, sie wusste zu viel.

Cheyenne atmete tief ein. Diese Typen waren Kriminelle, ja, aber sie waren Autodiebe und keine Mörder. Und das war ein ganz schön großer Unterschied. Griffin hatte sie nur aus Versehen entführt. Klar, er konnte dafür im Gefängnis landen, aber vielleicht würde seine Strafe ja nicht so schwer ausfallen, weil er es nicht mit Absicht getan hatte. Aber Mord – sie tatsächlich töten, war eine andere Sache. Dafür konnten sie hingerichtet werden. Das musste doch abschrecken.

Aber dann erinnerte sich Cheyenne daran, wie leer die Straßen auf dem Weg hierher gewesen waren. Sie erinnerte sich auch an die Stille und Weite, die sie umgeben hatte, als sie zum Haus gelaufen waren. Auch wenn also die Bestrafung für einen Mord viel härter war als für eine Entführung, hieß das trotzdem, dass erst einmal jemand ihre Leiche finden musste.

Ihr Kopf war schwer und ihre Gedanken schwirrten durcheinander, aber sie zwang sich, klar zu denken. Die drei älteren Männer betrachteten sie als Objekt nicht als Mensch, das hatte sie sofort gemerkt. Wahrscheinlich waren für sie alle Menschen nur Objekte, aber Cheyennes Blindheit machte es ihnen noch einfacher, sie abzuschreiben.

Griffin war wahrscheinlich der Einzige, der sie lebend hier herausbringen wollte. Sie musste sicherstellen, dass er sie auch weiterhin als Mensch sah. Sie musste ihm wichtig sein, er musste sie beschützen wollen. Sie musste ihm einen Grund geben, damit er Bedenken bekam. Sie würde nicht mehr mit ihm streiten, schwor sie sich. Und nicht mehr gegen ihn kämpfen. Ihr Leben hing von ihm ab.

Aber Cheyenne wusste, dass das einseitig war. Wenn es den Moment gäbe, wo sie den Spieß umdrehen könnte, würde sie alles tun, was dafür nötig war. Selbst wenn sie Griffin dafür verletzen müsste. Selbst wenn es noch schlimmer war als das. Am Ende würde es einen Toten geben – da war sie ziemlich sicher.

Nach einer Weile fragte Griffin: »Warum denkst du, dass ich nicht so bin wie sie?« Cheyenne konnte die Gefühle, die in seiner Stimme mitschwangen, nicht genau zuordnen.

»Erstens bist du freundlich. Und dann glaube ich, dass du

klüger bist als sie.« Sie meinte das wirklich so. Wenn sie lügen musste, hoffte sie, dass es sich genauso anhören würde wie jetzt, wo sie die Wahrheit sagte.

Griffin schüttelte den Kopf so heftig, dass das Bett wackelte. »Ich bin nicht schlau. Ich hab die Schule geschmissen, bevor sie mich rausgeworfen haben.«

»Was, das glaub ich jetzt nicht. Na gut, vielleicht hast du Schwierigkeiten mit dem Lesen, aber die habe ich auch, und ich bin trotzdem schlau, und du auch. Wenn du erst mal glaubst, was die anderen von dir denken, wirst du nie was erreichen.«

Cheyenne dachte an ihren Biologielehrer Mr Waddell. »Nur weil du eine Behinderung hast, werde ich nicht nachsichtiger mit dir sein«, hatte er Cheyenne informiert, als er sie nach der ersten Stunde gebeten hatte, noch einen Moment dazubleiben. »Du brauchst nicht zu glauben, dass ich besondere Rücksicht auf dich nehme. Du wirst von mir behandelt wie jeder andere Schüler auch.« Aber war er wirklich schlimmer als Ms Crispin, ihre Englischlehrerin? Alle in ihrer Arbeitsgruppe hatten für das Projekt ein Ungenügend bekommen. Außer Cheyenne, sie hatte eine Zwei. *Für exakt dasselbe Projekt.* »Ich wollte dir noch sagen, wie beeindruckt ich bin«, hatte ihre Lehrerin betont. »Man merkt deine Behinderung fast gar nicht.«

Griffins verbitterte Stimme holte Cheyenne ins Hier und Jetzt zurück. »Glaubst du ernsthaft, es macht einen Unterschied, was ich von mir selber denke? Glaubst du wirklich, ich könnte alles sein, was ich will, sogar Präsident der Vereinigten Staaten? Du musst den Tatsachen ins Auge sehen, Cheyenne. Du bist blind. Das heißt, dass du tausend Sachen nie machen kannst. Und mein Leben sagt mir, dass ich auch keine große Wahl habe. Ich habe nicht viele Möglichkeiten.«

»Und das heißt dann, dass du einfach bei allem mitmachst, was hier so läuft? Nur weil du das Auto von meiner Stiefmutter geklaut hast, heißt das noch lange nicht, dass du bei allem weiter mitmachen musst.«

»Was glaubst du eigentlich? Glaubst du, ich fahr dich zur nächsten Polizeistation und stelle mich?«

So ausgedrückt, hörte sich die Idee tatsächlich lächerlich an. Aber was würde mit ihr passieren? »Ich glaube nicht, dass sie mich jemals gehen lassen«, platzte sie mit ihrer Angst heraus.

»Natürlich werden sie das.« Griffin klang, als wollte er sich selbst überzeugen.

»Du weißt genau, was die einfachste Lösung wäre«, widersprach Cheyenne. »Sie nehmen das Geld und dann tschüss. Ich bin die einzige Zeugin. Dich hat im Einkaufszentrum wahrscheinlich niemand gesehen. Garantiert nicht gut genug, um dich wiederzuerkennen. Es war ja sowieso nur so eine Zufallskiste. Es gibt keine Verbindung zwischen dir und mir oder zu meiner Familie. Keine einzige. Und inzwischen nimmt die Polizei jeden unter die Lupe, der was mit meiner Schule zu tun hat, und jede Haushälterin und jeden Hausmeister, den wir je hatten, *und* alle Leute, die Dad durch Nike kennt. Sie werden jeden überprüfen, der jetzt für Nike arbeitet oder je dort gearbeitet hat, plus diejenigen, die dort rausgeworfen wurden, und alle die, die Nike hassen, weil sie glauben, dass Nike Ausbeuterbetriebe in der Dritten Welt betreibt.«

»Das ist eine ganz schön lange Liste. Das sind praktisch die ganzen Vereinigten Staaten von Amerika.«

»Richtig«, sagte Cheyenne. »Also, wie groß ist dann wohl die Wahrscheinlichkeit, dass sie euch finden? Wohl eher gering. Außer ihr lasst mich frei. Und diese anderen Typen werden mir nicht glauben, wenn ich sage, dass ich nichts verrate. Dass ich kein Wort sagen werde, wenn ihr mich gehen lasst. Aber ich verspreche, ich tu's wirklich nicht.«

»Wir werden dich freilassen, okay? Wir bringen dich irgendwo an einen sicheren Ort und lassen dich laufen.« Griffin klang, als wünschte er selbst, er würde glauben, was er da sagte.

Aber es musste für sie doch eine Möglichkeit geben, wie sie hier lebend rauskam, dachte Cheyenne. Es musste einfach.

»Was wäre passiert, wenn ich durch das Badfenster geklettert wäre? Was ist da draußen überhaupt?«

»Nichts. Auf jeden Fall keine Leute, zumindest größtenteils. Es ist einfach nur Wald. Meile für Meile. Im Osten liegt ein Fluss. Im Westen ist unsere Straße und nach ungefähr vier Meilen führt sie auf eine größere Straße. Aber die ist noch immer ziemlich unbefahren. Wahrscheinlich wärst du herumgeirrt, hättest dich verlaufen und wärst gestorben. Nachts fallen die Temperaturen ganz schön unter den Gefrierpunkt.«

Cheyenne öffnete den Mund und wollte etwas sagen, aber dann gähnte sie und es kam nur ein knarzendes Geräusch heraus.

Griffins kühle Hand legte sich auf ihre Stirn. »Ich glaub, die Ibus haben das Fieber gesenkt. Du musst schlafen. Wir beide müssen das.« Er zog ihr die Decke bis ans Kinn. »Der Boden ist zu hart. Ich schlafe auf der anderen Seite vom Bett in meinem Schlafsack. Und keine Angst – ich werde dich nicht belästigen oder so was.«

Wenn sie ihn jetzt sehen könnte, wäre Griffins Gesicht bestimmt knallrot, dachte Cheyenne.

Sie hörte, wie er aufstand und das Licht ausmachte, dann fühlte sie, dass er sich auf die andere Seite des Bettes setzte. Es raschelte, als er sich in seinen Schlafsack legte. Er berührte sie an keiner Stelle, also musste er sich wohl an den äußersten Rand des Betts gelegt haben.

Cheyenne war erschöpft, aber auch hellwach. Sie konnte ihre Hoffnung nicht auf Griffin setzen. Vielleicht könnte er manche Dinge verhindern, aber vielleicht auch nicht. Schließlich war er nur ein Jugendlicher. So wie sie.

Lange nachdem Griffins Atem gleichmäßig geworden war, lag Cheyenne noch immer wach im Bett und dachte über eine Fluchtmöglichkeit nach.

Wenn sie nur ein Telefon in die Finger bekäme.

Wenn sie irgendeine andere Möglichkeit hätte, die Behörden zu alarmieren.

Wenn sie Griffin davon überzeugen könnte, sie zu retten.

Wenn sie fliehen könnte.

Lauter Wenns.

Los, schicken wir ihm einen Finger

Als Griffin wach wurde, wusste er nicht sofort, wo er war. Er lag auf der falschen Seite des Bettes in einem Schlafsack und direkt neben ihm atmete jemand.

Und dann stürzte alles auf ihn ein.

Er stützte sich auf den Ellbogen. Cheyennes Atem stockte, aber dann war er wieder normal. Abgesehen von ihren geröteten Wangen, war sie immer noch ganz blass, aber sie sah nicht mehr so schlecht aus wie am Abend vorher. Er überlegte, ob es so für Ehepaare war, wenn einer aufwachte und der andere noch schlief. Ihre Lippen waren weich und verletzlich. Unter ihren blassen Lidern bewegten sich ihre Augen hin und her. Was sie wohl in ihren Träumen sah?

Obwohl er nur ein paar Stunden Schlaf bekommen hatte, war er jetzt hellwach. Er schaffte es, mit ganz wenig Geraschel aufzustehen, und tappte barfuß in die Küche. Der Boden war eiskalt. Der Holzofen im Wohnzimmer brannte zwar, aber warm war es nur dort.

Griffin war überrascht, dass Roy schon wach war. Er lehnte an der Anrichte und trank Kaffee. Neben ihm lag das Telefon. Oder das, was davon noch übrig war. Jemand hatte es mit einem Hammer bearbeitet. Nun bestand es nur noch aus Plastiksplittern und farbigen Drähten. Griffin wunderte sich, dass er gar nicht gehört hatte, wie sein Vater am Abend das Telefon kaputt gehauen haben musste. Er stupste es an.

»Was ist denn mit dem Telefon passiert?«

Roy zuckte mit den Schultern. »Zur Sicherheit. Ich will nicht, dass sie sich losreißt und jemanden anruft. Jetzt geht das nicht mehr.« Seine Hände zitterten und seine Augen waren blutunterlaufen.

Griffin überlegte, warum sein Dad es nicht einfach ausgestöpselt und oben in ein Regal gelegt hatte, aber es lohnte nicht, ihn zu fragen. »Was, wenn ich jemanden anrufen muss?«

»Du kannst mein Handy nehmen.« Er schaute über Griffins Schulter in Richtung Flur. »Schläft sie?«

»Ja. Mitten in der Nacht hat sie Fieber bekommen. Ich hab das Zeug im Bad durchwühlt und alte Tabletten von Mom gefunden, die ich ihr dann gegeben habe.«

Griffin hatte gedacht, dass seinem Dad der Duschvorhang einfallen und er danach fragen würde, sobald er das Bad erwähnte. Aber er schaute nur überrascht. »Von deiner Mom? Echt?«

Sein Dad sprach nicht mehr über seine Mutter. Aber als Griffin aus dem Krankenhaus nach Hause gekommen war, hatte er manchmal gesehen, wie sein Vater weinte und etwas in den Händen hielt, das seiner Mutter gehört hatte – ein Armband oder einen Pulli. Sie hatte viele Sachen dagelassen. Sein Dad und sie hatten einen Riesenkrach über das gehabt, was mit Griffin passiert war. Das musste das Fass endgültig zum Überlaufen gebracht haben. Sie hatte ihre Tasche geschnappt, ihr Auto und ein paar Bilder von Griffin und das war’s dann. Sie war für immer verschwunden und hatte nie zurückgeblickt.

»Mom hat das Medikament ein paar Monate, bevor sie gegangen ist, gekriegt, aber sie hat nur ungefähr die Hälfte der Tabletten genommen.«

Roy nickte und setzte die Kaffeetasse an seine Lippen. Griffin konnte seinen Gesichtsausdruck nicht einordnen.

Von der Haustür drang ein Knarzen zu ihnen herüber und gleich darauf kamen TJ und Jimbo.

»Gibt’s was Neues?«, fragte Jimbo, der heute eine extralange Wollmütze aufhatte und eine gefütterte Skihose trug. »Hast du mit ihnen gesprochen?«

»Ich hab gerade vor zwanzig Minuten mit dem Vater telefoniert. Er hat gesagt, dass er nicht so viel Geld besorgen kann. Nicht in bar. Nicht so schnell.«

»Wetten, dass wir die Sache beschleunigen können«, sagte Jimbo. »Los, schicken wir ihm einen Finger.«

Griffin war nicht sicher, ob er Witze machte.

»Oder ein Ohr«, sagte TJ. Er machte definitiv keine Witze.

Doch Roy schüttelte den Kopf. »Wenn wir das machen, denken sie vielleicht, dass sie schon tot ist, und dann werden sie uns bis zum Geht-nicht-mehr jagen. Wenn wir erst mal anfangen und Körperteile abschneiden, glauben die, dass sie nichts mehr zu verlieren haben.«

Griffin war erleichtert, dass Roy sich nicht auf die Ideen der beiden anderen einließ.

»Haben sie gesagt, wie viel sie uns geben können?«, fragte Griffin. Er sprach leise und hoffte, dass die anderen dann auch leiser sprechen würden. Er mochte sich lieber nicht vorstellen, wie es für Cheyenne wäre, wenn sie aufwachte und hörte, dass sie sich darüber unterhielten, ob sie ihr Finger oder Ohren abschneiden sollten.

»Eine Million.« Roy stellte die Kaffeetasse ab und rieb sich mit den Händen übers Gesicht. »Ich hab ihm gesagt, dass ich mich melde.« Er hörte sich niedergeschlagen an. Noch vor ein paar Tagen wäre er aus dem Häuschen gewesen, wenn ihm jemand gesagt hätte, er könnte eine Million Dollar kriegen.

»Das ist noch immer ganz schön viel«, sagte Griffin. »Das wären 250.000 Dollar für jeden.«

Roy schüttelte den Kopf. »Du bist noch minderjährig und du lebst unter meinem Dach. Auf deinen Anteil passe ich auf.«

TJ und Jimbo wechselten einen Blick. »Und das soll gerecht sein?«, fragte Jimbo. »Du kriegst fett eine halbe Million und wir gerade mal die Hälfte davon.«

Roy richtete sich auf, und Jimbo und TJ gingen automatisch einen Schritt zurück.

»Hey, ich trage hier ja wohl das Risiko. Sie ist auf meinem Grundstück, und es ist meine Stimme, die jedes Mal aufgenommen wird, wenn ich anrufe. Und ich bin auch derjenige, der hier für die Logistik verantwortlich ist.«

»Logistik?«, wiederholte TJ. Das Wort war ihm eindeutig nicht ganz vertraut.

»Die Pläne. Wenn ich wieder anrufe, sage ich ihrem Vater, dass er sich für eine Übergabe um drei Uhr bereithalten soll. Dann um drei sage ich ihm, wo er hinfahren soll. Und wenn er dorthin kommt, sagen wir ihm, dass er ein anderes Telefon nehmen soll, das wir für ihn dort deponiert haben, und er das erste wegwerfen muss. Ich will, dass einer von euch da ist und ihn beobachtet, damit wir auch sicher sind, dass er sein Telefon dalässt. Beim neuen Telefon können nur Anrufe eingehen. Er kann also niemanden warnen. Und dann rufe ich ihn an und sage ihm, dass er das Geld an der Ironwood Road rauswerfen soll.« Die Ironwood Road war ein langes Wegstück, das zwei Straßen miteinander verband, die gleich verlassen waren. Und das waren sie fast zu jeder Tageszeit. Um drei Uhr früh mitten im Winter würde es dort vollkommen ausgestorben sein. »Und ich will, dass einer von euch die Ironwood Road beobachtet, bevor er die Übergabestelle überhaupt kennt. Dann schnappen wir uns das Geld und lassen die Tasche dort, falls sie da irgendwas drangemacht haben, einen Sender oder einen von diesen explodierenden Farbbeuteln, die sie bei Bankräubern nehmen. Dann kommen wir hierher zurück, teilen das Geld und gehen getrennte Wege.«

Jimbo pfiff beeindruckt. »Hört sich schlau an.«

Griffin war das Geld egal. Er konnte es sich nicht mal vorstellen. »Und wenn wir das Geld haben, was dann?«

»Ich denke, wir sollten alle von hier verschwinden«, sagte Roy. »Ich mach das auf jeden Fall. Ich werde runter zum Flughafen fahren und den ersten Flieger nehmen, den ich kriege, und irgendwohin fliegen, wo es warm ist und wo man ein Schirmchen in seinen Drink gesteckt bekommt.«

»Moment, wir arbeiten dann nicht mehr hier?« TJ sah verwirrt aus.

»Du brauchst nicht mehr zu arbeiten, Dummkopf.« Jimbo schüttelte den Kopf. »Darum geht's doch. Du brauchst dann jahrelang nicht mehr zu arbeiten. Wenn wir irgendwohin gehen, wo die noch nie 'nen Touristen gesehen haben und wo die nicht die Preise hochschrauben, wird uns das Geld nie ausgehen.«

Griffin konnte kaum glauben, dass sie ganz offensichtlich das Mädchen vergessen hatten, um das sich doch alles drehte. »Aber was ist mit Cheyenne?«

Roy verzog das Gesicht. »Was soll mit ihr sein?«

»Wir lassen sie frei, richtig? Wir haben uns nie mit Namen angesprochen. Und sie hat natürlich auch keine Ahnung, wie wir aussehen.« Griffin ließ seine Stimme so überzeugt wie möglich klingen. Er hatte noch immer Cheyennes Worte im Kopf. *Ich weiß, wie du heißt. Griffin. Und jetzt weiß ich auch ganz sicher, dass dein Vater Roy heißt. Wenn ich das der Polizei erzähle, finden sie euch sofort.* Wie sollte er die Dinge nur wieder in Ordnung bringen? Aber er würde nicht einfach nur danebenstehen und zusehen, wie Cheyenne etwas zustieß.

Roy schaute skeptisch. »Früher oder später wird sie ihnen irgendwas sagen, was sie genau auf uns bringt.«

Griffin erinnerte sich an seine Unterhaltung mit Cheyenne. »Nicht, wenn wir vorsichtig sind. Immerhin ist sie die Tochter vom Präsidenten von Nike. Weißt du, wie viele Leute gern ein Stück von dem Kuchen abhätten? Wenn du wieder anrufst, kannst du irgendwas sagen, damit sie glauben, dass das alles mit Nike zu tun hat. Die brauchen Jahre, bis sie alle Leute aufgespürt haben, die schon mal gegen die protestiert oder dort gearbeitet haben. Und uns werden sie nie finden. Weil sie nicht kapieren, dass es bloß Zufall war. Und dass es überhaupt nichts mit Nike zu tun hat.«

Roy dachte eine Weile darüber nach. Die anderen drei waren ruhig und beobachteten ihn.

»Wir können auf dem Weg zum Flughafen schnell nach

Washington rüberrutschen und sie auf einer Holzabfuhrstraße oder so was rauswerfen«, sagte Griffin. »Wir drehen sie in die richtige Richtung und sagen ihr, dass sie loslaufen soll. Und bis sie jemanden gefunden hat, sind wir schon längst am Strand. Mit unseren Mai Tais.«

»Aber natürlich«, sagte Roy.

Griffin war sich ziemlich sicher, dass Roy noch nie im Leben »aber natürlich« gesagt hatte.

Zumindest nicht, wenn er es ernst meinte.

Intelligenter Ungehorsam

Als Cheyenne aufwachte, wusste sie ein paar Minuten lang nicht, wo sie war. Dann erinnerte sie sich und wünschte, sie hätte es nicht getan.

Der Streifen Licht, den sie mit ihrem linken Auge sehen konnte, sagte ihr, dass es Morgen sein musste. Tageslicht war irgendwie wärmer als das von Glühbirnen. Aber als sie ihre Uhr berührte, war es überraschenderweise schon zwanzig nach eins. Also Mittag und nicht mehr Morgen. Jemand öffnete die Schlafzimmertür. Cheyenne wappnete sich.

»Bist du wach?« Als sie Griffins Stimme hörte, fiel ihr ein Stein vom Herzen.

»Ja.« Sie stemmte sich hoch und lehnte ihren Rücken an die Wand.

»Ich habe noch ein paar Ibus für dein Fieber und eine von diesen Antibiotikapillen. Und noch O-Saft zum Runterspülen und ein paar Kräcker. Ich lege sie dir auf neun Uhr.«

Sie fühlte, wie er sich neben ihre Füße aufs Bett setzte und ihr dann das Glas in die eine Hand und die Tabletten in die andere gab.

»Danke«, sagte sie und versuchte so zu klingen, als meinte sie es auch so. »Wann kann ich nach Hause?«

»Bald. Mein Dad trifft noch die letzten Vorbereitungen. Die Übergabe wird heute Nacht um drei sein, und dann fahren wir dich irgendwohin und lassen dich gehen.« Seine Stimme wurde zu einem Flüstern und er beugte sich so nah zu ihr, dass sie seinen Atem an ihren Haaren spüren konnte. »Hör mal, du darfst nicht verraten, dass du weißt, wie ich oder mein Dad heißen.«

Cheyenne nickte und biss sich auf die Lippe.

»Weißt du noch, dass du mir erzählt hast, wie viele Feinde dein Vater hat?«, fuhr er flüsternd fort. »Sie werden vielleicht was in die Richtung sagen, damit du denkst, dass deine Entführung mit Nike zusammenhängt. Tu so, als glaubst du ihnen.«

Cheyenne wusste nicht mehr, wem sie glauben sollte. »Griffin, versprich mir, dass sie mich gehen lassen. Versprich es mir.«

Er war eine ganze Weile lang still. »Ich versprech's dir«, flüsterte er schließlich.

Cheyenne fing auf einmal an zu zittern, und das nicht nur wegen des Fiebers. Sie befürchtete, dass Griffins Zögern ihr mehr verraten hatte als seine Worte.

»Und? Wie kommst du eigentlich zur Schule? In einer Limousine?«, fragte er dann in einer fast normalen Stimme.

»Machst du Witze? In der Regel bringt mich Danielle. Mein Dad verdient vielleicht einen Haufen Geld, aber er protzt nicht. Er ist keiner von diesen ekelhaften glatzköpfigen Typen, die einen HUMMER fahren, damit sie sich wie ein echter Mann fühlen.« Sie würde nichts von der Haushälterin und dem Koch erzählen. Griffin sollte auch weiterhin glauben, dass sie Gemeinsamkeiten hatten.

»Im Fernsehen hat dein Vater erzählt, dass du einen Blindenhund hast. Nimmst du deinen Hund oder deinen Stock, wenn du rausgehst?«

Sie dachte an Phantom und ihren zerstörten Stock. Tränen stiegen in ihr auf. Doch sie würde nicht weinen. »Meistens nehme ich Phantom. Gestern habe ich meinen Stock genommen, weil meine Stiefmutter meinte, dass es einfacher wäre.«

»Ist es nicht komisch, wenn man von einem Hund herumgezogen wird? Kannst du ihm wirklich vertrauen?« So wie Griffin das sagte, klang es, als würde er nicht vielen Dingen vertrauen.

»Ich habe Phantom erst seit drei Monaten, aber es fühlt sich an, als wäre er schon immer bei mir gewesen. Ich wünschte, ich *hätte* ihn wirklich schon immer gehabt, aber man bekommt einen Blindenhund erst mit sechzehn.« Sie dachte an den ersten Morgen, nachdem sie Phantom bekommen hatte. Als sie aufgewacht war, lag sein Kopf über ihrem Nacken. In dem Moment hatte Cheyenne gewusst, dass sie zusammengehörten. »Ich vertraue ihm völlig. Er hält nach allem Ausschau, was mich verletzen könnte – Bordsteinkanten, tief hängende Zweige, Skateboardfahrer, Telegrafenmaste, Löcher im Gehweg. Einmal hat er mir sogar schon das Leben gerettet.«

Griffin berührte ihr Knie. »Was ist passiert?«

»Ich habe eine Kreuzung überquert, als da ein Auto ohne anzuhalten rechts abgebogen ist. Phantom hat sich gegen meine Beine geworfen und so lange dagegengedrückt, bis ich zurückgegangen bin.« Cheyenne erinnerte sich an das Kreischen der rutschenden Autoreifen und den Luftstoß, als das

Auto so nah an ihr vorbeigezischt war, dass der Kotflügel Phantoms Fell zerzaust haben musste. Andere Fahrer hatten gehupt und gebrüllt, aber das Auto hatte einfach nicht angehalten. »Wenn Phantom mich nicht aus dem Weg gedrängt hätte, wären wir wahrscheinlich beide getötet worden. Und wenn ich nur meinen Stock gehabt hätte, wäre ich auf jeden Fall überfahren worden.«

»Also ist ein Hund besser als ein Stock?«

»Mit einem Blindenhund ist *alles* besser. Der Unterschied zwischen einem Hund und einem Stock ist gigantisch. Vorher war es so, als wäre ich unsichtbar. Jetzt *reden* die Leute mit mir. Sie erzählen mir, wie klug er ist, selbst wenn er sich einfach nur hinlegt. Sie erzählen mir Geschichten von ihren eigenen Hunden. Sie wollen ihn streicheln. Und manchmal muss ich fast ein bisschen schroff werden, weißt du, so in die Richtung: Mein Hund arbeitet. Aber der größte Unterschied ist einfach, wie ich mich fortbewege. Mit ihm schlängle ich mich durch Leute hindurch, ganz geschmeidig. Phantom ist so gut, dass ich den Flur in der Schule entlanglaufen kann und nicht mal die Schultern von anderen berühre.«

Es war unglaublich schwierig gewesen, als sie das erste Mal wieder zur Schule gegangen war und nur ihren Blindenstock gehabt hatte, der ihr den Weg zeigte. All ihre Freunde hatten Abstand zu ihr gehalten, abgesehen von Kenzie und Sadie. So als wäre sie plötzlich eine andere Person, als würden sie sie gar nicht kennen.

Und um ehrlich zu sein, war es ja auch so. Vor dem Unfall war sie kontaktfreudig gewesen. Sie sang gerne vor sich hin, plapperte und rief im Gang laut nach jedem, den sie sah. Nach dem Unfall war sie ruhiger geworden. Und das lag nicht nur an ihrer Traurigkeit. Ohne ihr Augenlicht waren ihre Ohren ihre Verbindung zu anderen Menschen. Die Blindheit hatte ihr die nonverbalen Hinweise weggenommen, die ihr sagten, ob jemand müde war, traurig, glücklich oder besorgt. Wenn sie sich darauf konzentrierte, konnte sie diese Gefühle immer noch aus den Stimmen heraushören. Aber dadurch war ihre eigene Stimme verstummt.

Im Rehabilitationszentrum waren die Gänge gerade breit genug, dass zwei Leute aneinander vorbeigehen konnten. In Catlin Gabel fühlte es sich so an, als wären die Wände meilenweit auseinander. Wenn viel los war, musste sie manchmal mitten im Gang laufen, ohne die Sicherheit der Wände. Das Schlimmste waren die kurzen Pausen zwischen den Kursen, wo nur ein paar Minuten blieben, um von einem Raum in den nächsten zu kommen. Wenn sie sich beeilte und in jemanden reinlief, war es der Person ziemlich peinlich, aber ihr war es noch viel peinlicher.

Wenn sie dann endlich im richtigen Klassenzimmer war – und bevor sie Phantom hatte, konnte sie da nie wirklich sicher sein – musste sie ihren Platz finden, ohne dabei gegen allzu viele Sachen zu stoßen. Sie fragte sich immer, welche Jungen da gerade rumstanden. Wer sie beobachtete. Ob sie lachten. Sie wollte cool und anmutig sein, aber stattdessen kam sie sich ungeschickt und verschwitzt vor. Aber jetzt mit Phantom bewegte sie sich gelassen und schnell. Er hatte ihr ihren Körper zurückgegeben.

Cheyennes Augen brannten vor Tränen, als sie an Phantom dachte. Sie liebte das weiche Fell an seinen Ohren, seine lange, schlanke Schnauze, sogar das Geräusch, das seine Krallen auf dem Boden machten. Wenn Phantom Unfug im

Sinn hatte, versuchte er immer leise zu sein, weil er rausbekommen hatte, dass Cheyenne ihn nicht sehen konnte. Wenn er Durst hatte, schrappte er seine Schüssel über den Boden. Wenn er ein Leckerli wollte, bellte er und stellte seine Pfoten auf die Anrichte. Und wenn er müde war, rollte er sich unter ihrem Schreibtisch zusammen, oder im leeren Kamin, manchmal sogar in der Duschkabine.

Cheyenne hoffte, dass es nicht allzu sehr auffiel, dass sie schon wieder weinte. Aber sie wollte auch nicht mit dem Erzählen aufhören, nicht wenn Griffin ganz offensichtlich interessiert war. Ihre Worte sollten ihn mit durchsichtigen Fäden einwickeln. Sie atmete tief ein. »Aber ein Hund ist keine Maschine«, sagte sie. »Zu Hause arbeitet man nicht mit seinem Hund. Ein Hund braucht Zeit, in der er einfach nur Hund sein darf. Was ist mit eurem Hund, den ihr draußen habt? Wann darf der einfach nur Hund sein?«

»Duke?« Griffin lachte überrascht auf. »Duke ist kein Hund. Nicht wirklich.« Er prustete noch mal, als wäre das eine lächerliche Vorstellung. Dann fragte er: »Und woher weiß dein Hund, wohin er dich bringen soll?«

Cheyenne schüttelte den Kopf. »Er weiß es nicht. Phantom ist ja kein Taxifahrer. Ich kann nicht ›McDonald's bitte‹ sagen und dann bringt er mich dahin. Ich mache die Hälfte der Arbeit. Ich muss den Stadtplan mit allen Straßen, die wir überqueren wollen, im Kopf haben, und dann sage ich ihm, wann wir abbiegen müssen. An einer Kreuzung, bin ich diejenige, die entscheidet, ob die Ampel rot oder grün ist, nur durchs Hören. Für einen Hund sehen Rot und Grün und Gelb völlig gleich aus. Wenn wir dann die richtige Straße erreicht haben, muss ich nach Hinweisen hören oder tasten, damit ich das Gebäude finde, zu dem ich will. Phantom ist dann derjenige, der sicherstellt, dass ich dahin gehen kann, ohne in irgendetwas reinzulaufen oder überfahren zu werden.«

»Moment – du gehst also zu einer Straße und spitzt deine Ohren, damit du weißt, ob die Autos auch wirklich halten? Hört sich irgendwie gefährlich an. Was, wenn du Phantom sagst, dass ihr gehen sollt, und dann kommt ein Auto?«

»Die Hunde sind darauf abgerichtet, dass sie beurteilen können, ob ein Befehl ungefährlich ist«, sagte Cheyenne. »Es heißt intelligenter Ungehorsam.«

Ein großer Fehler

»Intelligenter Ungehorsam also, ja?«, wiederholte Griffin. Er mochte, wie sich das anhörte. Wenn er einer Aufforderung nicht nachkam, hatte er immer angenommen, dass er einen großen Fehler machte.

»Es ist komisch«, sagte Cheyenne, »aber wenn Phantom nicht macht, was ich sage, ärgert mich das trotzdem. Ich denke dann, er ist dumm, bis mir klar wird, dass er recht hat.« Sie trank den Orangensaft in einem langen Zug aus und wischte sich mit dem Handrücken über den Mund. Die Kräcker hatte sie schon hinuntergeschlungen.

Erst jetzt fiel Griffin auf, dass sie hungrig sein musste. »Willst du was zu Mittag essen?«

Sie nickte. »Das wäre toll.«

»Dann schau ich mal, was ich finden kann.« Er stand auf und ging in Gedanken durch, was sie in der Küche hatten. Im Schrank lagen noch ein paar chinesische Nudeln und im Gefrierschrank vielleicht ein paar Erbsen. Und er könnte noch Würstchen aufschneiden und sie dazugeben. Er würde die Nudeln in kleine Stücke brechen, dann konnte Cheyenne sie leichter essen. Er würde ihr erzählen, dass es mit den Nudeln so war wie mit der Steinsuppe aus dem Märchen. Man musste erst eine Menge zu den Steinen in die Suppe tun, bevor sie gut wurde. Und dann würde Cheyenne vielleicht lachen, oder wenigstens lächeln.

Während Griffin sich durch den Kühlschrank wühlte und nach Eiern suchte, kam TJ rein. »Machst du was zu essen?«

»Für unseren Gast.«

»Bleibt noch was für TJ übrig?«

Griffin hatte keine große Lust, zu irgendetwas Ja zu sagen, sobald es um TJ ging, aber er fand auch keinen triftigen Grund, um Nein zu sagen, also nickte er. Während TJ den Flur entlang Richtung Bad ging, nahm Griffin den Topf vom Feuer, goss ein wenig Wasser dazu und verlängerte so das Essen. Als er gerade die Würstchen über dem Topf schnitt, fing sein Hirn an, die Geräusche einzuordnen, die er gehört hatte. Es war nicht die Badezimmertür, die geöffnet worden war. Es war die Tür zu seinem eigenen Schlafzimmer.

TJ war mit Cheyenne allein.

Griffin ließ das Würstchen und das Messer fallen. Später dachte er, dass er es besser mitgenommen hätte. Er rannte den Flur entlang und riss die Tür zu seinem Schlafzimmer auf.

TJ lehnte über Cheyenne. Ihr Rücken war an die Wand gepresst, ihre Knie bis zur Brust hochgezogen, sie bildeten eine Barriere. Ihre Augen waren vor Konzentration zusammengekniffen und ihre Lippen waren zurückgezogen, so wie bei einem Hund, der lautlos knurrte. TJ hatte ein Knie auf das Bett gesetzt und hielt ihre Handgelenke mit einer Hand umschlossen. Er drückte Cheyenne gegen die Wand, während er mit der anderen Hand versuchte, ihr den Mantel auszuziehen.

Griffin stürzte sich mit einem Brüllen auf ihn und schlug mit der Faust auf seinen Kopf.

TJ schrie auf und kippte auf das Bett. Als er sich auf seinen Rücken wälzte, fiel seine Mütze runter und sein dünner Pferdeschwanz rutschte raus.

»Verdammt noch mal, spinnst du, TJ?«, schrie Griffin. Er hatte Angst gehabt, dass TJ Cheyenne etwas antun würde. Aber er war nur halb so besorgt um sich selbst. TJ wusste immer, wann es besser war, seinen Schwanz einzuziehen. Und im Augenblick wäre Griffin bereit gewesen, ihn zu töten.

Cheyenne krabbelte vom Bett. Sie wollte zur Tür rennen und fiel hin, als die Schnur um ihren Knöchel sie zurückriss.

Griffin bückte sich, um ihr aufzuhelfen, aber sie kratzte ihn. »Ich bin's«, sagte er. Cheyenne schob ihn trotzdem fort und stand ohne fremde Hilfe auf. Sie quetschte sich zwischen Bett und Schreibtisch, bis sie mit dem Rücken an der Wand stand. Sie keuchte, aber sie weinte nicht. Griffin war sich plötzlich ziemlich sicher. Wenn er das Messer mitgebracht hätte, Cheyenne hätte es in beide von ihnen gerammt, reihum. Ohne zu zögern.

»Was glaubst du eigentlich, was du da machst?«

»Schau sie dir doch an, unser unbelecktes Goldmädchen«, jammerte TJ. »Ich wollte nur ein bisschen vom Gold abkratzen. Es ist genau so, wie Jimbo sagt. Sie ist so reich, dass sie sich ihren Arsch wahrscheinlich mit Zwanzig-Dollar-Scheinen abwischt. Und dann denkt sie bestimmt auch noch, dass ihre Scheiße nicht mal stinkt. Ich wollte ihr nur eine kleine Lektion erteilen. Damit sie kapiert, wie die andere Hälfte so lebt.« Rotz rann ihm aus der Nase.

Griffin hatte die Hände zu Fäusten geballt. Am liebsten würde er TJ verprügeln. »Sag das noch mal. Was hat Jimbo gesagt?«

Über TJs Gesicht huschte ein Hoffnungsschimmer. Halb setzte er sich auf. »Ach, weißt du, er hat ständig davon erzählt, dass sie wahrscheinlich glaubt, sie wäre was Besseres. Und dass sie mal ein bisschen runtergeholt werden muss.«

»Und du glaubst den Scheiß?« Griffin rieb über seine Faust. Der mittlere Fingerknöchel war geschwollen. »Raus hier. Bevor ich's mir anders überlege.«

Nachdem TJ seine Mütze genommen hatte und aus dem Zimmer geflitzt war, schloss Griffin die Tür ab. Er drückte den Knopf im Türknauf runter, Cheyenne zuliebe, viel nützen würde er nicht. Als Griffin zu ihr zurückging, zitterte sie.

»Keine Angst, er ist weg. Tut mir wirklich leid, dass ich dich allein gelassen habe. Wird nicht wieder vorkommen.« Mit der Spitze seines Zeigefingers berührte er ihren Wangenknochen. »Tut mir leid.«

Sie zitterte stärker, und er befürchtete, dass er sie nur noch mehr verängstigt hatte. Aber als er vorsichtig seine Arme ausstreckte, legte sie ihr Gesicht gegen seine Brust. Ihr Atem roch nach Orangensaft. Er hielt sie fest und schaukelte sie vor und zurück. Es erinnerte ihn an den einen Schulball, auf den er gegangen war, als man beim langsamen Tanzen einfach nur ein bisschen mit seinen Füßen schlurfen musste.

Gerade als er sich an das Gefühl gewöhnt hatte, dass er sie in den Armen hielt, wich Cheyenne zurück. Sie zog ihren Mantel zurecht. »Er wollte mir wehtun. Mich vergewaltigen, mich vielleicht sogar töten. Und ich denke, er hätte es getan, wenn du nicht gekommen wärst. Was für ein Mensch kann bloß glauben, dass ich das verdiene?«

Griffin seufzte. »Bestimmt hat Jimbo ihn aufgestachelt. Er zieht TJ gerne auf und dann schaut er, was passiert. In der Welt da draußen werden Leute wie TJ und Jimbo nicht beachtet – sie sind niemand. Reiche Leute sind für sie nicht echt. Für sie sind das nur Leute aus Zeitschriften und dem Fernsehen. Die beiden waren noch nicht oft unter Reichen.« Er lachte ein bisschen verlegen. »Ich aber logischerweise auch noch nicht. Aber so wie Reiche uns wahrscheinlich anschauen und als Abschaum sehen, denken die beiden, dass Reiche auch keine Menschen sind.«

Cheyennes nächste Worte überraschten ihn. »Was ist mit deinem Hals passiert? Die Haut dort fühlt sich anders an.«

Griffins Antwort war kurz. Und sein Tonfall machte deutlich, dass er nicht darüber reden wollte. »Verbrannt.«

»Wie?« Es war, als wollte sie, dass er sich so verwundbar fühlte wie sie selbst.

»War ein Unfall.«

»Was für ein Unfall?«

»Mein Dad hat gekocht, in Ordnung?«

»Gekocht?« Er konnte hören, wie ungläubig ihre Stimme klang. Sogar Cheyenne hatte schon mitbekommen, dass Roy nie irgendetwas kochte.

»Er hat ein bisschen Crystal Meth gemacht und dann ist was auf den Brenner gekleckert.«

»Crystal Meth?« Sie schien nicht genau zu wissen, was das war.

Griffin beneidete sie um ihre Ahnungslosigkeit. »Crystal, Glass, Yaba, Ice. Hauptsächlich ist es Speed. Amphetamine.

Früher konntest du das Zeug, das du dafür brauchtest, in jedem Lebensmittelgeschäft bekommen. Mein Vater hat sich damit was dazuverdient, aber dann haben sie ein paar von den Zutaten nicht mehr frei verkauft. Tja und dann hat er aufs Autoklauen umgesattelt.«

»Wenn man es herstellen will, muss man es also kochen?«

»Ja. Es riecht ekelhaft. Wie Katzenpisse. Ich bin raus in die Scheune, weil ich ihn was fragen wollte, und dann ist es in Flammen aufgegangen und hat mich an Hals und Brust verbrannt.«

Griffin erinnerte sich, wie es sich zuerst entweder sehr, sehr heiß oder sehr, sehr kalt angefühlt hatte. Er konnte nicht sagen, was stimmte, und dann war es plötzlich heiß gewesen, glühend heiß, und die Hitze hatte sich durch ihn durchgefressen. Immerhin hatte er es geschafft und sein Hemd von sich gerissen, sonst wäre er noch schlimmer verbrannt worden. Die Schmerzen waren so heftig gewesen, dass er am liebsten gestorben wäre oder wenigstens sein Bewusstsein verloren hätte. Nach ein paar Sekunden hatte er die Auswahl auf nur noch eines begrenzt: Er wollte sterben.

Er tat keins von beidem.

Es war seine Mutter gewesen, die ihn zur Notaufnahme gebracht hatte, seine Mutter, die den Ärzten irgendeine Geschichte über den Holzofen erzählt hatte. Die Ärzte hatten sie gebeten, das Zimmer zu verlassen, und dann hatten sie Griffin noch mal danach gefragt. Er wusste, dass sie ihr nicht glaubten.

Griffin blieb bei derselben Geschichte. Nicht aus Liebe zu Roy, sondern weil er Angst hatte, dass seine Mutter sonst auch Probleme bekommen würde.

Er hatte einen Monat auf der Spezialstation für Verbrennungen gelegen. In beiden Handrücken steckte eine Infusion, und er war intubiert, damit er besser atmen konnte, weil seine Schleimhäute auch verbrannt waren. Aber sogar mit einem Schlauch im Hals konnte er noch riechen. Und die Verbrennungen waren voller Gerüche gewesen. Der stärkste kam von der Brandsalbe, die nach Pfefferminze roch und wie gehärtetes Bratfett aussah, und sich auch so anfühlte. Die Krankenschwestern verteilten sie zweimal am Tag über die nässenden Verbrennungen. Die Salbe verdeckte einen anderen Gestank, einen der süßlich und faulig war.

Griffin lag jede Nacht im Dunkeln wach und hörte, wie die Monitore piepten, das Beatmungsgerät zischte und Maschinen die dünnen Linien seines Lebens aufzeichneten. Er hörte, wie andere Patienten bettelten, beteten und schrien. Die meisten machten ihm Angst. Einer war ein Obdachloser, der von gelangweilten Teens angezündet worden war. Ein anderer war ein Junge, der nur ein paar Jahre älter als Griffin war. Er hatte versucht, sich selber umzubringen, hatte seine Kleider mit Benzin getränkt und ein Streichholz drangehalten. Und dann war da noch ein kleines zwei- oder dreijähriges Kind, das an dem Kabel der Fritteuse gezerrt und das Teil zu sich gezogen hatte. Eine Frau war bei einem Autounfall verbrannt worden. Sie starb an seinem dritten Tag im Krankenhaus.

In seinen Albträumen sah Griffin, wie die Krankenschwestern ihn in ihren blauen Plastikkitteln, Gummihandschuhen und Papierhauben wieder in den Raum zur Wundreinigung brachten und seine abgestorbene Haut mit Drahtbürsten abschrubbten.

Auch als seine Verbrennungen geheilt waren, wurde er ständig an sie erinnert. Jeden Morgen, wenn er sich in der Dusche den Hals und die Brust einseifte, zeichnete er mit seinen Fingern die roten, glatten Narben nach. Oder er berührte die flacheren Narben auf der Innenseite seiner Schenkel, dort wo sie das Hauttransplantat entnommen hatten. Fremde starrten auf die straffe Haut an seiner Kehle, weil sie so glänzte. Jede Berührung, jedes Starren weckte die Erinnerungen wieder: die Lichter, die Schreie, die geflüsterten Worte, die Gerüche.

Wenn er das Haus verließ, knöpfte er seine Hemden bis oben zu, aber die Leute bemerkten die Narben trotzdem. Sein Hemdkragen verdeckte nicht alles, und wenn sie es erst einmal gesehen hatten, konnten die meisten Leute mit dem Starren nicht mehr aufhören, egal ob er in der Schlange vorm Kino stand oder im Lebensmittelladen. Manche schauten ihn an und dann schnell wieder weg. Manche taten so, als würden sie nicht schauen – und glotzten schließlich doch, wenn sie dachten, dass er es nicht merkte. Und ein paar legten großen Wert darauf, ihm in die Augen zu sehen und dann zu lächeln, als wäre er irgendwie zurückgeblieben oder ein Hund, der bissig werden könnte.

Dieses Lächeln hasste er am meisten.

Seine Mutter hatte ihn an jedem einzelnen Tag, den Griffin im Krankenhaus lag, besucht. Aber dann, eines Tages kurz bevor er entlassen werden sollte, kam sie nicht mehr.

»Ich habe mich die ganze Zeit schon was gefragt – wo ist eigentlich deine Mom?«

»Wie meinst du das?«

»Na ja, du lebst hier mit deinem Dad, aber du musst ja irgendwann auch mal eine Mutter gehabt haben, also wo ist sie?«

»Sie und mein Dad haben sich nicht verstanden«, sagte Griffin kurz angebunden. »Also ist sie zurück nach Chicago. Da kommt sie her.« Sie hatte ihm oft Geschichten über Chicago erzählt, über den See im Sommer und den Wind im Winter. Roy mochte die Geschichten nicht, also hatte seine Mutter sie nur erzählt, wenn sein Vater nicht da war.

Als Roy dann Griffin schließlich im Krankenhaus besuchte, sagte er ihm, dass seine Mutter sie verlassen hatte. Sie hatte mit Roy über die Drogen gestritten, hatte gesagt, dass sie die Nase voll hatte, und dann war sie gegangen. Roy erzählte die Neuigkeiten völlig ausdruckslos.

Erst als Griffin nach Hause gekommen war, war ihm klar geworden, dass sein Vater sehr wohl verschiedene Gefühlsstadien durchlaufen hatte. Zuerst Wut (es gab eine Menge zerbrochener Möbel und Geschirr) und dann Verzweiflung (er hatte rein gar nichts aufgeräumt).

Griffin hatte die Scherben weggeschmissen, in Ordnung gebracht, was übrig geblieben war, und weitergemacht, ohne darüber zu reden. So wie er es mit seinen Verbrennungen getan hatte. So wie er es mit dem Umstand gemacht hatte, dass seine Mutter nie schrieb oder anrief. In der Schule hatte er ihren Namen ein paarmal gegoogelt, aber die wenigen Janie Sawyers, die er fand, hatten nie das richtige Alter.

Cheyenne war lange Zeit still. »Glaubst du, dass mich dein Dad wirklich gehen lassen wird?«, fragte sie schließlich leise.

»Er sagt Ja.«

»Das habe ich nicht gefragt.«

Die Wahrheit war, dass Griffin nicht wusste, wie sehr er

Roys Worten trauen konnte. Nicht wenn es um so viel Geld ging. Falls sein Vater Cheyenne tatsächlich gehen lassen würde, er diesen letzten Schritt aber TJ und Jimbo überließ, war es gut möglich, dass die beiden sie stattdessen einfach in den Wald schleppten und töteten. Vergewaltigten und töteten.

Der Einzige, der Cheyenne gehen lassen würde, war er, Griffin. Er musste es einfach tun, auch wenn er damit alles aufs Spiel setzte. Auch wenn es bedeutete, dass er mit Roy, TJ und Jimbo im Gefängnis landen würde. Die Alternative war, dass Cheyenne umgebracht wurde.

Er konnte ihr nicht sagen, was er vorhatte, falls sie sich bei den anderen verplapperte, aber wenn alle mit der Geldübergabe beschäftigt waren, würde er Cheyenne nehmen und gehen. Dann, wenn ganz sicher keiner von ihnen wieder am Haus aufkreuzen könnte und sie aufhalten würde. Er würde Cheyenne in den Laster setzen und so schnell fahren, als wäre der Teufel hinter ihm her, so lange, bis er irgendwo ankam, wo es ein Telefon gab, irgendwo, wo es schönes helles Licht gab und viele Leute. Wo TJ und Jimbo es sich zweimal überlegen würden, ob sie sie umbrächten, falls sie sie einholten. Und dann würde er Cheyenne freilassen und zurückgehen und seinen Vater treffen, und dann würden sie nach Mexiko oder sonst wohin gehen. Und er würde hoffen, dass Cheyenne ihr Versprechen hielt und der Polizei ihre Namen nicht verriet. Und hoffen, dass die Polizei nicht auftauchte, bevor sie verdammt noch mal verschwunden waren. Wenn sie doch auftauchten, könnte es nämlich sein, dass sie ihn für einen der Bösen hielten und ihn töteten.

War er einer der Bösen?

Griffin war sich nicht mehr sicher.

Zeit zu handeln

Cheyenne berührte zum hundertsten Mal das Ziffernblatt ihrer Uhr und bewegte sich dabei so wenig wie möglich, damit sie Griffin nicht weckte.

Aber jetzt war es endlich so weit. Es war zwei Uhr früh, Zeit zu handeln. Der Nachmittag und der Abend hatten sich dahingeschleppt. Die anderen drei Männer waren in einem anderen Teil des Hauses geblieben. Wahrscheinlich schmiedeten sie Pläne, aber sie hatten so leise gesprochen, dass sie nichts verstehen konnte. Griffin war die meiste Zeit bei ihr geblieben und nur gegangen, wenn er etwas zu essen holen wollte. Cheyenne hatte gedöst oder so getan. Schließlich musste sie hellwach sein, wenn die Zeit reif war. Und je mehr sie schlief, desto mehr würden die anderen glauben, dass sie krank und hilflos war, obwohl sie den Eindruck hatte, dass das Antibiotikum langsam wirkte. Wenn sie schlief oder so tat, musste sie auch nicht mit Griffin reden. Und es hielt sie davon ab, darüber zu grübeln, ob sie es vielleicht besser nicht tun sollte, das, was sie tun musste.

Meilen von hier entfernt würde ihr Vater bald die Anweisungen befolgen und eine schwarze, mit Geld vollgestopfte Reisetasche abliefern. Eine, in der kein Sender oder Farbbeutel oder sonst was steckte. Oder sie würden sie töten. Und ihr Vater musste alleine kommen. Niemand sollte ihm folgen, weder in einem anderen Auto noch aus der Luft oder mit einem Computer. Oder sie würden sie töten.

Cheyenne wusste das alles, weil Roy sie dabeihaben wollte, als er die Einzelheiten wiederholte. Er hatte ihr das Telefon gerade so lange in die Hand gepresst, dass sie »Daddy, bitte hilf mir!« rauswürgen konnte, bevor er es wieder an sich gerissen und den Ausknopf gedrückt hatte.

Aber es spielte keine große Rolle, ob ihr Vater tat, was von ihm verlangt wurde oder nicht. Es spielte überhaupt keine Rolle mehr. Das hatte ihr zumindest TJ erzählt, als er sie angegriffen hatte. Er war auf das Bett geklettert, hatte ihre Armgelenke gegen die Wand gedrückt und ihr ins Ohr geflüstert. »Bist du noch Jungfrau, Cheyenne? Bist du? Weil es für dich vielleicht Zeit wird, dass du eine richtige Frau wirst. Vielleicht solltest du TJ an dich ranlassen, damit du noch ein bisschen Liebe abbekommst, bevor es zu spät ist.«

Sie war so verängstigt gewesen, dass sie keinen Ton rausgebracht hatte. Sie hatte nur wild mit dem Kopf geschüttelt. Das war das Einzige, wozu sie fähig gewesen war. Beim Schütteln hatte ihr Kopf TJs Nase getroffen.

Er hatte vor Schmerzen geächzt und seine Stimme war nur noch triefender und scheußlicher geworden. »Da, wo du hingehst, wirst du keine Liebe bekommen. Im Himmel treibt man's nicht miteinander, oder, Baby? Na komm, lass dir schon von TJ eine schöne Erinnerung mit ins Grab geben.«

Irgendwie hatte Cheyenne genug Speichel in ihrem Mund zusammengebracht, dass sie ihn anspucken konnte. Er hatte unterdrückt geflucht, und sie wusste, dass sie ihr Ziel getroffen hatte. Und dann war Griffin reingestürmt und hatte sie gerettet.

Aber sie vor einem Möchtegern-Vergewaltiger zu retten war eine Sache. Einzugreifen, wenn Roy zu TJ oder Jimbo sagte, sie sollen sie mitnehmen, eine andere. Würde er sich diesen Männern – einschließlich seinem Vater – widersetzen und sie retten? Wenn ihre Rettung die Wahrscheinlichkeit deutlich erhöhte, dass er geschnappt würde? Wäre es nicht viel einfacher für Griffin, wenn er sich selbst vormachte, die Männer würden sie wirklich freilassen?

Klar, diese Verbrecher würden vermutlich geschnappt und landeten wegen Mordes im Gefängnis, aber vielleicht ja auch nicht. Und sie dachten alle nicht sehr vorausschauend. TJ zum Beispiel. Er wollte sie auf sein Niveau runterziehen, also hatte er sie begrapscht und betatscht, ohne einen Gedanken an Griffin zu verschwenden, der gleich im Zimmer nebenan war.

Cheyenne wünschte, sie hätte in ihre Tasche gegriffen, bevor TJ sie an die Wand geschoben hatte, wünschte, sie hätte ihn die Scherbe spüren lassen. Am liebsten hätte sie ihm die Kehle durchgeschnitten. Sie hätte es hinbekommen, da war sie sich sicher.

Ob sie auch schaffen würde, was sie jetzt tun musste?

Die anderen Männer waren vor ein paar Stunden gegangen und hatten sich auf ihre Positionen begeben, damit ihr Dad auch ganz sicher die Anweisungen befolgte. Wenn sie etwas vergessen hatten und zum Haus zurückkommen mussten, hätten sie das inzwischen längst getan. Es war an der Zeit, zu handeln.

Cheyenne schob ihre Hand in die Tasche und zog das

Stück Glas heraus. Langsam, ganz langsam kroch sie vom Bett. Griffin schnaubte einmal und drehte sich um, aber dann atmete er wieder gleichmäßig. Cheyenne schob ihren Fuß so weit nach vorne, bis die Schnur um ihren Knöchel zum Zerreißen gespannt war. Sie bückte sich und sägte die Schnur mit ein paar Zügen durch. Ihre Lunge schmerzte, aber Cheyenne erlaubte sich nur winzig kleine Atemzüge, sie hatte zu viel Angst vorm Luftholen, zu viel Angst vorm Husten. Das kleinste Geräusch konnte sie verraten.

Nachdem sie die Schnur durchtrennt hatte, fühlte es sich an, als würde sie einen Schritt ins Leere machen. Jetzt gab es kein Zurück mehr. Falls Griffin aufwachte, würde er bestimmt versuchen, sie aufzuhalten.

Sie umfasste das Stück Glas noch fester, hielt die Luft an und lauschte. Aber Griffin schlief immer noch tief und fest und atmete hörbar alle paar Sekunden aus.

Cheyenne schlich durch das Zimmer, jeden Schritt prüfend. Als sie die Hand nach dem Türknauf ausstreckte, entdeckte sie, dass die Tür nicht ganz geschlossen war. Es war nur eine Kleinigkeit, aber trotzdem war es ein gutes Zeichen.

Sie folgte mit den Fingern der Wand im Flur, bis sie ins Esszimmer gelangte. Dort strich sie mit ihren Händen über den Tisch und über das, was sich wie der Geschirrschrank anfühlte. Aber außer schmutzigem Geschirr fand sie nichts.

Im Wohnzimmer auf einem rauen Holztisch stieß Cheyenne auf das, wonach sie gesucht hatte. Ihre Finger spürten der Form nach und ihr Geist lieferte das passende Bild. Ein großer metallener Schraubenschlüssel. Schwer. Sie legte das Stück Glas in die Manteltasche zurück, nahm den Schraubenschlüssel und schlug mit dem Ende kurz gegen ihren

Handballen. Wenn sie Griffin hart genug damit traf, könnte sie ihn bewusstlos schlagen.

Wenn sie Griffin hart genug traf.

Und wenn nicht? Dann würde er wahrscheinlich aufwachen. Würde sie wahrscheinlich jagen. Würde sie wahrscheinlich töten.

Cheyenne spürte, dass ihr Herz raste und ihr Atem schneller ging. Das waren alles Kampf- oder Fluchtreaktionen, wie sie sie im Biologieunterricht gelernt hatten. Sie drehte sich um und ging den Gang zurück.

Vor der Tür hielt sie an und lauschte. Was, wenn Griffin wach war und sie beobachtete? Was, wenn sie reinstürmte und er ihr den Schraubenschlüssel aus der Hand riss und sie damit niederschlug?

Aber da war nichts außer seinen tiefen, gleichmäßigen Atemzügen.

Cheyenne holte ein letztes Mal raspelnd Luft und schlich dann zu ihm. Sie hatte den Schraubenschlüssel fest mit beiden Händen gepackt und hielt ihn hoch über ihren Kopf. Dann, wie ein Mann, der mit einer Axt Holz spaltet, ließ sie den Schraubenschlüssel in einer schnellen und grausigen Abwärtsbewegung hinuntersausen.

Bevor sie zurückkommen

Cheyenne liefen noch immer Tränen übers Gesicht, als sie die Schlafzimmertür hinter sich schloss.

Oh Gott.

Oh Gott.

Sie war sich ziemlich sicher, dass sie gerade einen Mann umgebracht hatte. Oder vielmehr einen Jugendlichen. Jemanden, der in ihrem Alter war. Und die einzige Person in diesem Haus, die ihr mit Freundlichkeit begegnet war.

Sie hatte Griffin nur bewusstlos schlagen wollen, aber als sie ihn das erste Mal getroffen hatte, war er schreiend hochgefahren.

Das Herz in ihrer Brust hatte wie ein Fisch gezappelt. Ohne nachzudenken, hatte sie noch einmal zugeschlagen. Viel fester. Griffin war aufs Bett zurückgefallen. Und danach hatte er sich nicht mehr gerührt. Überhaupt nicht mehr. Sie hatte den Schraubenschlüssel auf den Boden fallen lassen – er war jetzt feucht vom Blut.

Sie zwang ihre Füße, sich zu bewegen, stolperte den Flur entlang. Wenn sie sich nicht beeilte, würden die Männer zurückkommen und sie finden. Und sie wusste, sie würden sie töten. Besonders jetzt. Nach dem, was sie getan hatte.

Oh Gott.

Wie viel Zeit blieb ihr noch? Wie viel Zeit, bis sie zurückkamen? Cheyenne versuchte sich zu beruhigen. Sie musste klar denken. Die Übergabe sollte um drei Uhr morgens stattfinden. Und sie wollten sichergehen, dass das Geld nicht verwanzt oder sonst wie überwacht wurde, bevor sie es mitnahmen. Dann würden sie hierher zurückfahren und es aufteilen. Jetzt war es 2:12 Uhr.

Cheyenne schätzte, dass ihr nicht viel Zeit blieb – eine, vielleicht zwei Stunden, mehr nicht. Sie war lange genug in der Gesellschaft dieser Männer gewesen und wusste, dass sie schnell ungeduldig wurden. Ihre Gier würde den verbliebenen Rest an gesundem Menschenverstand übertrumpfen. Sie würden sich nicht lange damit aufhalten, die einsame Geldtasche zu beäugen. Und bevor sie zurückkamen, musste Cheyenne so viel Abstand wie möglich zwischen sich und die Männer gebracht haben.

Wenn sie nur Phantom bei sich hätte! Sie dachte an Duke. Bellend, unberechenbar, groß. Eindeutig gekauft, um Leuten Angst einzujagen. Mitleid stieg in ihr auf. Man konnte nicht immer sagen, wie jemand war, wenn man nur sein Äußeres betrachtete.

Wenn sie sich einigermaßen schnell vorwärtsbewegen wollte, brauchte sie etwas, das ihr sagte, ob Hindernisse im Weg waren. Ihr Gehstock war ein Haufen geschmolzener Stangen und lag im Ofen. Was also konnte sie als Notfallgehhilfe benutzen? Als sie wach gelegen und darauf gewartet hatte, dass die Zeit vorüberging, hatte sie eine nutzlose Liste von Dingen angefertigt, die sie hier bestimmt nicht hatten – Billardstöcke, Skistöcke, Wanderstöcke, Sonnenschirme. Sie musste jetzt praktisch denken. Sie musste einen langen Ast finden, ihn abbrechen und die Zweige abmachen.

Und dann fiel Cheyenne ein, was es hier gab. Haufenweise. Autoantennen.

Sie öffnete die Haustür und ging die drei Treppenstufen hinunter. Ganz automatisch hatte sie die Stufen gezählt, als sie sie das erste Mal gegangen war, genauso wie die Schritte, die sie vom Auto zum Haus gebraucht hatte. Die Luft war so kalt, dass es sich anfühlte, als müsste Cheyenne sich die Lunge aus dem Leib husten. Sie atmete noch immer jedes Mal zitternd aus, aber sie verbot sich, daran zu denken, was sie getan hatte.

Sie erinnerte sich, dass der Hof mit Müll zugepflastert war, und ging nur mit kleinen Schritten weiter. Sie tastete jedes Mal zuerst mit dem Fuß, bevor sie ihr volles Gewicht darauf verlagerte. Den rechten Arm hatte sie wie eine Stoßstange über ihren Bauch gelegt und den linken Arm schwang sie wie einen Sensor vor sich her. Sie achtete auf jedes Geräusch, jeden Geruch und jede noch so kleine Information. Ihr Orientierungs- und Mobilitätstrainer hatte versucht, ihr das Blindsehen beizubringen – manche Blinde konnten nah stehende Objekte spüren und hatten sogar eine grobe Vorstellung von ihrer Größe. Aber sie verließ sich normalerweise auf ihren Langstock oder auf ihren Hund, die ihr viel deutlichere Rückmeldungen geben konnten.

Nach ein, zwei Minuten hatte Cheyenne Erfolg. Ihre Finger streifen einen Kotflügel. Sie fühlte am Rand des Autodaches entlang, bis sie die Antenne fand. Dann brach sie sie ab.

Aufgeschreckt von dem Geräusch fing Duke in der Scheune plötzlich an zu bellen und durchbrach die nächtliche Stille. Als er hervorstürzte und auf Cheyenne zurannte, rasselte die Kette über den Boden.

Cheyenne riss ihren linken Arm hoch, verdeckte ihren Hals und machte sich auf den Angriff gefasst. Aber der Aufprall blieb aus. Keine fünf Meter von ihr entfernt hörte das Bellen ganz plötzlich mit einem Würgegeräusch auf. Der Hund musste am Ende seiner Kette angelangt sein. Doch sobald er sich wieder aufgerappelt hatte, machte er mit dem Gekläffe weiter. Der Lärm ließ Cheyenne zusammenzucken. Aber es gab niemanden, der darauf reagierte. Es gab nur sie beide, allein in der Dunkelheit.

Cheyenne holte tief Luft. Atmete aus. Sie hustete ein paar Sekunden lang, unterdrückte den Drang dann aber wieder. Sie musste jetzt alles vergessen. Den Hund ignorieren. Nicht an Griffin denken. Nicht grübeln, ob er tot war. Sie musste sich darauf konzentrieren, dass sie hier weg sein wollte, bevor die Männer zurückkamen.

Sie schwenkte die Antenne vor sich her und ging versuchsweise ein paar Schritte, doch die Antenne war viel zu kurz und nicht fest genug. Trotzdem, es war viel besser als nichts. Wenn sie erst einmal im Wald war, konnte sie die Antenne durch einen langen Ast ersetzen.

Sie wollte gerade losgehen, als hinter ihr ein tiefes Winseln aus Dukes Kehle drang. Jetzt erst merkte sie, dass er mit dem Bellen aufgehört hatte. Sie hörte, wie er atmete. Er klang wie Phantom.

Cheyenne drehte sich um. Sie wusste nicht, ob der Mond schien oder wie gut der Hund im Dunkeln sehen konnte, und weil sie nicht wollte, dass er dachte, sie würde ihn mit ihrem Blick herausfordern, achtete sie darauf, dass sie den Kopf zur Seite hielt. Sie war ganz still, die Arme dicht an den Körper gepresst.

»Braver Hund«, sagte sie. Sie dehnte beide Wörter ganz lang und sprach leise. »Hab ich dich erschreckt? Das wollte ich nicht.«

Duke winselte wieder.

Cheyenne redete die ganze Zeit weiter, langsam und beruhigend. »Hast du genug von der langen Kette? Willst du hier auch am liebsten weg? Frei sein?« Ihre Stimme war zittrig gewesen, aber jetzt wurde sie selbstbewusster. Es war ein verrückter Einfall, aber durch den Wald zu laufen und mit einer Antenne aufs Unterholz zu schlagen, war auch nicht besser. »Willst du auch einfach gehen? Willst du, Duke?«

Ganz langsam griff Cheyenne in ihre Manteltasche. Ihre Finger schlossen sich um ein Stück Trockenfutter, das sie Duke von unten zuwarf.

Duke jaulte, sie hatte ihn erschreckt. Wie oft wohl schon jemand mit einem Stein nach ihm geworfen hatte? Aber er musste verstanden haben, dass es kein Stein war. Als Nächstes gab er nämlich ein überraschtes, kleines Wuff von sich. Die Kette rasselte, und Cheyenne hörte Duke winseln, als er sich dagegenlehnte. Das Trockenfutter lag wahrscheinlich zu weit weg.

Sie warf noch ein Stück. Wieder ein Winseln. Beim dritten Mal hörte sie ein Schnüffeln, das von einem schmatzenden Schlucken gefolgt wurde, und sie wusste, dass er endlich drangekommen war.

Das nächste Stück Trockenfutter fing er aus der Luft. Sie

hörte, wie seine Zähne aufeinanderklackten. Wieder ein leises Winseln. Wie ein Betteln.

Cheyenne fragte sich, ob Duke wohl schon jemals in seinem Leben gebettelt hatte. Und ob es überhaupt jemanden gekümmert hatte.

Mit jedem Stück Trockenfutter ging sie einen Schritt näher an ihn heran. Schließlich war sie so nah, dass sie seine Wärme spürte. Sie ballte ihre Hand zur Faust und streckte sie ihm entgegen, obwohl sie sich nicht sicher war, ob er sie nicht mit einem Happs abbeißen würde. Aber er schnüffelte nur. Sie fühlte seine feuchte, kalte Nase und dann zu ihrer Überraschung eine warme, nasse Zunge. Also war Duke doch einfach ein Hund, im Gegensatz zu dem, was alle dachten.

Cheyenne spürte mit ihren Fingern Dukes Hals entlang, bis sie die Stelle fand, an der die schwere Kette mit einem einfachen Knebelverschluss in das metallene Würgehalsband eingehakt war. Würde sie ihn an der Kette führen können? Sie entfernte sich ein paar Schritte von Duke und ließ die Kettenglieder durch ihre Finger laufen. Nein. Die Kette war viel zu schwer und zu lang.

Dann fiel Cheyenne ihr Gürtel ein. Sie ging zu Duke zurück und kraulte ihn am Kopf. Obwohl jede Faser in ihrem Körper danach schrie, so schnell wie möglich von dort wegzukommen, wusste sie, dass sie keine schnellen Bewegungen machen durfte, weil sie ihn sonst erschrecken würde. Mit der freien Hand öffnete sie die Gürtelschnalle und rollte den Gürtel ungeschickt mit einer Hand auf, bis er Schlaufe um Schlaufe aus ihrer Jeans gerutscht war.

Sie wollte nicht, dass Duke den Gürtel in ihrer Hand sah,

falls er sich davon bedroht fühlte. Wer wusste schon, ob Duke nicht vielleicht mit einem Gürtel geschlagen worden war?

Cheyenne berichtigte ihren Gedanken. Sicher war er das.

Sie hatte ihn die ganze Zeit mit der anderen Hand gestreichelt. Duke fühlte sich mit seinem kurzen, dicken Fell überhaupt nicht wie Phantom an, und trotzdem war es, als wäre Phantom jetzt bei ihr.

Nachdem sie den Gürtel komplett aus den Laschen gezogen hatte, schob sie ihn unter Dukes Halsband. Duke winselte und zitterte, als sie ihn berührte, aber ansonsten regte er sich nicht. Cheyenne fädelte den Gürtel durch die Metallöse und zog daran, bis sie eine notdürftige Leine hatte. Sie ging in die übliche Grundhaltung. Ihr linker Fuß saß vor dem rechten, der Kopf des Hundes war gleich neben ihrem linken Oberschenkel, gerade so, als hätte sie Phantom bei sich. Dann hielt sie den Atem an und hakte die Kette ab.

»Vorwärts, Duke«, sagte sie. »Komm schon, machen wir, dass wir wegkommen.«

Der Hund winselte tief in seiner Kehle, bewegte sich aber kein Stück.

»Vorwärts, Duke!«, sagte sie wieder. »Auf geht's!« Phantom hätte gewusst, dass sie schnell loswollte, aber was wusste Duke schon? Dann spürte sie, wie er sich zusammennahm.

Und weg waren sie.

Der Wind erschafft die Bäume

Eine Sache, die Cheyenne bei der überstürzten Entscheidung nicht bedacht hatte, war, dass Duke für sie nicht »räumen« würde. Phantom war beigebracht worden, auf herabhängende Zweige achtzugeben oder auf andere Objekte, die sie treffen konnten, selbst wenn er nichts abbekommen würde. Duke war völlig ahnungslos. Und Cheyenne auch, zumindest so lange, bis sie einen tiefen Kratzer auf einer Wange abbekam. Danach streckte sie die rechte Hand etwa dreißig Zentimeter vor ihr Gesicht, damit sie wenigstens kurz vorher gewarnt wurde.

Cheyenne hatte Duke zum Wald hin ausgerichtet und nicht gewusst, ob er ihrem Vorschlag folgen würde. Aber das hatte er. Sie hatte gespürt, wie er um das Haus und dann auf die Bäume zugegangen war. Der gefrorene Boden knisterte unter ihren Füßen, aber darunter federten die jahrzehntealten Tannennadeln noch weich zurück.

Obwohl sie wusste, dass für sie das Tageslicht nur noch größere Gefahren bringen würde, vermisste sie den kleinen Rest an Sehvermögen, der ihr tagsüber geblieben war. Wohin führte Duke sie? Sie konnte nur dem Schwanken des Hundes folgen und darauf vertrauen, was ihr Körper ihr sagte.

Ihre Gelenke sagten ihr, ob es bergauf oder bergab ging, ob sie nach rechts oder links liefen. Wenn man sehen konnte, beachtete man viele Körpersignale überhaupt nicht, weil man das auch nicht musste. Wenn man blind war, entdeckte man, was der Körper einem schon die ganze Zeit erzählt hatte.

Gerade spürte Cheyenne, wie ein Ast an ihrem Kopf entlangstrich. Immerhin war er nicht *durch* ihren Kopf gegangen. Duke hatte sie um einen Baum geführt! »Braver Hund.«

Duke machte tief in seiner Kehle ein Geräusch. Es hörte sich wie eine Frage an.

»Ja, du bist ein braver Hund.« Sie hatte keine Ahnung, ob er das gefragt hatte oder ob er wissen wollte, ob er ihr vertrauen konnte, oder ob Duke überlegte, ob sie weitergehen sollten.

Egal, Cheyenne würde alle Fragen mit Ja beantworten.

Sie liefen eine ganze Zeit lang. Es ging nur mühsam voran. Cheyenne rutschten ständig die Schuhe von den Füßen, bis sie schließlich das Stück Schnur nahm, das noch immer um ihren Knöchel gebunden war, es in zwei Teile schnitt, durch die obersten Löcher in ihren Schuhen fädelte und jeden mit einem Doppelknoten zuband. Sie gingen weiter, schlugen sich durchs Gebüsch. Ihre Füße blieben an Wurzeln und abgebrochenen Ästen hängen. Manchmal mussten sie anhalten, weil sie hustete und keine Luft mehr bekam. Die Kälte brannte in ihrer Lunge. Sie schlang ihren Schal über Nase und Mund, ließ nur ihre Augen frei, und hoffte, dass die Luft so etwas wärmer würde.

Der Wind war so eisig, dass es sich anfühlte, als würde er direkt durch sie hindurchschneiden, aber durch ihn konnte sie sich wenigstens die Umgebung besser vorstellen. Sie konnte jetzt zum Beispiel das Rascheln der Blätter hören. In gewisser Weise erschuf der Wind die Bäume. Ohne den Wind gäbe es für sie keine Bäume, zumindest so lange nicht, bis die Äste ihr das Gesicht oder die Arme aufschürften.

Ab und zu berührte Cheyenne das Ziffernblatt ihrer Uhr. Sie hoffte, dass sie bis Tagesanbruch die Straße finden würde, von der Griffin ihr erzählt hatte.

Bestimmt waren die Männer inzwischen zurückgekommen. Und sie hatten Griffin gefunden. Cheyenne wollte nicht daran denken, was sie ihm angetan hatte. Und jetzt würden sie Jagd auf sie machen. Solange es dunkel war, hatte sie vielleicht einen kleinen Vorteil. Das Problem war, dass sie und Duke nicht mal zwei Meilen in einer Stunde zurücklegten. Vielleicht sogar noch weniger.

Je tiefer sie in den Wald eindrangen, desto leichter wurde es. Hier schien es weniger Sträucher zu geben. Cheyennes Hosenbeine schlackerten steif hinab, weil sie nass geworden waren, als sie sich durch das Unterholz geschlagen hatte, genau wie ihre Schuhe.

Sie schleppten sich weiter. Cheyennes Beine waren so schwer, als wären sie voller Prellungen, und ihre Füße waren gefrorene Klumpen. Sie wollte die Zehen bewegen, aber es ging nicht.

Wurde es schon hell? Alles, was sie mit dem linken Auge sehen konnte, war ein verschwommenes Grau. Cheyenne tastete nach ihrer Uhr. Kurz nach sieben. Also wahrscheinlich noch nicht. Aber bald.

Duke winselte.

Cheyenne erstarrte. »Was ist los, mein Junge?«, flüsterte

sie. Sie hörte, wie es links von ihr in den Sträuchern raschelte. *Oh, Scheiße. Das war's.* Sie hatten sie gefunden.

Duke bellte. Ganz automatisch wollte sie ihre Hand auf seine Schnauze legen, aber Duke schnappte danach. Überrascht riss sie die Hand zurück. Sie hatte einen Augenblick lang vergessen, dass sie mit Duke hier war und nicht mit Phantom.

Dann passierten mehrere Dinge gleichzeitig.

Duke zerrte nach vorne und brach in lautes Gebell aus.

Etwas schoss aus den Büschen hervor und rannte direkt vor sie. Als Cheyenne das Unterholz knacken hörte, entspannte sich ein Teil von ihr. Was auch immer es war, es war klein. Und ganz bestimmt kein Mensch. Vielleicht ein Kaninchen oder ein Eichhörnchen oder vielleicht sogar ein Streifenhörnchen.

Duke bellte noch immer. Setzte ihm nach.

Der Gürtel ruckte in Cheyennes Hand. Und dann war er weg. Und Duke auch.

»Komm zurück!«, rief Cheyenne auf einmal außer sich. »Duke! Duke!«

So wie sein Bellen klang, rannte er von ihr weg. Schnell. Er war mindestens schon dreißig Meter weit. Cheyenne öffnete den Mund und wollte Duke noch mal rufen. Aber dann ging ihr auf, dass sie damit bloß ihre Gegenwart preisgab. Und das wahrscheinlich meilenweit. Mehr erreichte sie dadurch nicht.

Sie holte tief und zitternd Luft und sagte sich, dass sie jetzt auf sich alleine gestellt war. Das war eine Tatsache, die sie nicht ändern konnte, also musste sie damit zurechtkommen. Sie berührte das Ziffernblatt ihrer Uhr. Es war 7:33 Uhr. Sie war sich einigermaßen sicher, dass sie grob nach Nordwesten unterwegs gewesen waren. Das Grau, das sie mit dem linken Auge sehen konnte, wurde ein bisschen heller. Sie benutzte einen Baumstamm, um sich zu orientieren. Langsam ging sie im Kreis um ihn herum, bis sie etwas mehr Licht sah. Osten lag genau dort, wo sie es vermutet hatte.

Cheyenne ging in die Hocke und tastete so lange umher, bis sie auf mehrere große Äste stieß. Sie wählte den längsten und stabilsten aus und brach dann die kleineren Zweige davon ab. Es war Schwerstarbeit. Ihre rechte Hand war vor Kälte ganz steif, und ihre linke Hand, mit der sie die Behelfsleine gehalten hatte, konnte sie fast gar nicht mehr bewegen. Mit der Hand strich sie über ihre Wange. Es fühlte sich an, als ob ein Ast an ihrem Gesicht entlangstreifte. Sie konnte mit der Wange zwar ihre eiskalten Finger spüren, aber andersherum funktionierte es nicht. Ihre Hosenbeine waren inzwischen mit einem knackenden Überzug aus Eis bedeckt.

Nach vielen langen Minuten war der Ast von seinen Zweigen befreit. Es war kein Hund und kaum ein Langstock, aber es musste reichen. Als Cheyenne sich schließlich aufrichtete, machten ihre Knie nicht mit. Ein paar Schritte stolperte sie vorwärts.

Sie konnte weder ihre Füße noch die Ränder ihrer Ohren spüren. Ihre linke Hand steckte in der Manteltasche, aber sie fühlte sich immer noch tot und steif an. Und jetzt erstarrte auch allmählich ihre rechte Hand, was es schwer machte, den Behelfslangstock zu halten. Cheyenne tickte sich mit dem Stock weiter, drehte den Kopf von der einen zur anderen Seite und achtete aufmerksam auf die Klänge, die zu ihr zurückgeworfen wurden. Sie versuchte die Hindernisse zu spüren, bevor sie in sie hineinlief. Manchmal wich sie einem Baum oder Strauch erst im letzten Moment aus. Manchmal stolperte sie über Steine oder Wurzeln.

Ohne Duke als Begleitung wurde Cheyenne bewusst, wie allein sie war. Jedes Geräusch ließ sie erstarren. Gab es hier möglicherweise große Tiere im Wald – Kojoten oder sogar Pumas? Aber die Tiere, vor denen sie sich am meisten fürchtete, waren die zweibeinigen. Aus einem Busch flog plötzlich eine Krähe auf, stieß ihren rauen Krähenschrei aus und flatterte mit den Flügeln.

Jedes Knacken oder Rascheln konnte von den Entführern kommen. Jedes Mal, wenn Cheyenne ein Geräusch hörte, atmete sie tief durch und zwang sich weiterzulaufen. Sie setzte ihre Schritte so vorsichtig wie möglich. Den Kopf hielt sie zur Seite. So sehr hatte sie ihr linkes Auge noch nie beansprucht. Jetzt, wo es heller war, konnte sie gerade genug sehen, damit sie nicht in Baumstämme rannte, aber es war nicht genug, um herabhängenden Ästen auszuweichen.

Die Brust schmerzte, sie musste alle paar Minuten husten und mit jedem Mal fiel es ihr schwerer, mit dem Husten aufzuhören. Cheyenne wollte sich nur noch hinlegen. Schlief man nicht einfach ein und wachte nicht mehr auf, wenn man erfror? So würde es nicht mal wehtun. Die Vorstellung hatte etwas Verlockendes.

Auf ihrer Wange landete ein kleiner kalter Punkt, und dann noch einer auf ihren Wimpern. Schnee. Er fiel dichter und überpuderte sanft ihr Gesicht. Zu Hause hasste sie Schnee. Alle gewohnten Orientierungszeichen waren hinfällig, die unterschiedliche Beschaffenheit von Gras und Kies oder von Asphalt und Beton. Wenn es so viel geschneit hatte, dass der Schnee die Bordsteinkanten bedeckte, musste sie zu Hause bleiben, weil sie dann die Straßen nicht mehr auseinanderhalten konnte.

Hier im Wald barg der Schnee ein ganz anderes Problem. Bald würde sie mit jedem Schritt einen Fußabdruck hinterlassen.

Und dann könnten die Männer sie ohne Probleme aufspüren.

Er kam mit jeder Sekunde näher

Cheyenne war vielleicht eine halbe Stunde alleine weitergelaufen, als sie hörte, wie sich hinter ihr etwas durch den Wald bewegte. Nicht gerade sehr leise. Und dieses Mal gab es keinen Zweifel daran, was es war.

Ein Mensch. Und er kam mit jeder Sekunde näher.

Panisch stolperte Cheyenne vor sich hin und suchte hektisch nach einem Versteck. Sie fand ein Gestrüpp, das trotz des Winters noch immer Blätter trug, irgendein niedriger Busch. Ohne darauf zu achten, dass ihr die Äste Gesicht und Nacken zerkratzten, zwängte sie sich in das Blätterdickicht hinein. Die Feuchtigkeit zog bis zu ihren Knien hoch. Als sie so tief reingekrabbelt war, wie sie konnte, hoffte sie inständig, dass ihr silberner Mantel nicht an einer Stelle durchschimmerte oder ein Schuh von ihr hinausragte und sie verraten würde.

Die Schritte kamen näher und verstummten. Sie hörte, wie jemand nicht weit von ihr schwer atmete. Ein Mann! Das war garantiert kein verirrter Jäger und bestimmt auch niemand, der sie retten wollte, sonst hätte er ja nach ihr gerufen. Das ließ genau drei Möglichkeiten. Aber welcher der drei Männer war es? Roy, TJ oder Jimbo? Und spielte das überhaupt eine Rolle? Wäre sie nicht ohnehin bald tot, ganz egal wer es war? Sie dachte an TJs stinkenden Atem, als er auf ihr gesessen hatte. Vielleicht sollte sie mehr Angst davor haben, wie lange sie noch leben würde, bevor sie starb.

Es war unglaublich schwer, vollkommen bewegungslos zu bleiben, wenn jede Faser in ihrem Körper nach Flucht schrie. Wie viel Schnee lag auf dem Boden? Führten ihre Fußabdrücke direkt zu ihr, so wie ein Pfeil? Sie hielt den Atem an.

Und dann fühlte sie ihn. Ihren Husten. Der sich seinen Weg aus ihrer Kehle kämpfte. Ihre Augen tränten. Sie biss sich auf die Lippe. Sie durfte nicht husten. Sie durfte einfach nicht. Wenn sie hustete, wäre das ihr Todesurteil. Sie biss fester und fester und dann bemerkte sie auf ihrer Zunge den metallischen Geschmack von Blut.

Schließlich bahnte sich der Husten einen Weg aus ihrer Brust, drängte durch ihren Hals und zerbrach die Stille.

Und dann stürmten die Schritte auf sie zu.

»Nein«, schrie Cheyenne. »Nein! Nein!« Starke Arme hoben sie hoch und eine schwielige Hand legte sich über ihren Mund. Cheyenne kämpfte, trat und schlug wild um sich, aber alles, was sie erreichte, war, dass sie sich selbst ihre Kräfte raubte. Dabei war sie doch schon so kraftlos.

»Cheyenne!«, sagte eine Stimme. »Sch, sch. Beruhig dich.«

Griffin?

Sie hustete wieder. Er senkte seine Arme, ging einen Schritt zurück und ließ sie dort stehen.

Cheyenne hustete so stark, dass sie zur Seite stolperte. »Du lebst noch«, keuchte sie schließlich hervor. Eigenartigerweise war sie erleichtert, dass sie ihn nicht getötet hatte.

»Und das habe ich ganz bestimmt nicht dir zu verdanken.« Seine Stimme klang nüchtern.

Langsam drang zu ihr durch, was passiert sein musste. »Oh«, sagte Cheyenne. »Ja. Also haben sie dich geschickt, oder?« Es hatte keinen Zweck mehr, wegzurennen, keinen Zweck, zu kämpfen. Sie hatte ihr Bestes gegeben, mehr als sie jemals für möglich gehalten hätte. Aber es war nicht genug gewesen. »Mach schon«, sagte sie. »Tu, was du tun musst.« Sie atmete tief ein und machte sich auf das gefasst, was nun kommen würde.

»Wovon redest du?«, fragte Griffin. »Was soll ich schon machen?«

Cheyenne verstand nicht, warum er das hier in die Länge zog. Das musste seine Rache für ihren Angriff sein. »Du wirst mich erschießen, oder? Bringen wir es einfach hinter uns.«

»Warum glaubst du, dass ich dich erschießen werde?«

»Ach komm, tu nicht so. TJ hat mir erzählt, dass ich sterben werde. Ihr müsst mich umbringen, damit ich die Polizei nicht zu euch führen kann.« Sie schluckte. Gleich würde sie zusammenbrechen und betteln. Und so würde sie dann sterben: bettelnd, während sie an ihrem eigenen Blut erstickte. Nein. So weit würde sie es nicht kommen lassen. Sie versuchte, dass ihre Stimme möglichst unbekümmert klang, so als würde das alles gar nicht wirklich passieren. Vielleicht könnte sie ja so tun, bis es vorbei war. »Also mach schon. Tu, was du tun musst. Aber bitte schnell.« Sie holte tief Luft und schloss die Augen. Jetzt war es vollkommen dunkel um sie. Sie versuchte sich das Gesicht ihrer Mutter vorzustellen. *Ich komme, Mom.*

Stille.

Schließlich war es Griffins Stimme, welche die Stille durchbrach und kein Schuss. Griffin klang enttäuscht und müde. »Ich bin hier draußen, weil ich dir helfen will und nicht, um dich umzubringen. Ich bin dir alleine hinterher. Aber ich glaube nicht, dass TJ und Jimbo und mein Dad weit entfernt sind. Also müssen wir hier so schnell wie möglich weg. Zur Straße, jemanden anhalten, der uns hilft, und dann zu den Bullen gehen.«

»Moment mal, du bist hier, weil du mir helfen willst? Nach dem, was ich dir angetan habe?«

»Na ja, als ich aufgewacht bin, war ich zuerst ganz schön angepisst. Ich hab eine verdammte Beule auf meinem Kopf, die so groß ist wie ein Ei, und es pocht jedes Mal, wenn mein Herz schlägt. Ich hatte übrigens vor, dir bei der Flucht zu helfen«, sagte er mit einem Anflug von Verbitterung. »Wenn du ein paar Minuten gewartet hättest, hätte mein Wecker geklingelt. Ich habe dir nur nichts erzählt, weil ich mir nicht sicher war, ob du dich verquatschen würdest. Ganz abgesehen davon, war da noch immer ein Teil von mir, der einfach nicht glauben wollte, dass sie so etwas Krasses vorhaben könnten. Aber dann, nachdem *du* mir mit dem Schraubenschlüssel eins übergezogen hast, wurde mir klar, dass jeder gewalttätig werden kann. Sogar du. Sogar mein Dad. Und dass es ganz schön naiv von mir wäre, wenn ich immer noch glauben würde, dass sie dich gehen lassen. Also konnte ich entweder zu Hause sitzen und warten oder dich finden und dir bei der Flucht helfen. Weißt du, ich glaube, es ist keine besonders gute Idee, mitten in einem Schneesturm durch den Wald zu laufen, wenn man blind ist und eine Lungenentzündung hat.« Er seufzte. »Wie konntest du nur glauben, dass ich ein eiskalter Mörder bin.«

»Wie wär's mit der Pistole, die du mir im Auto an den Kopf gedrückt hast? Schon vergessen?«

»Oh. Das.« Seine Stimme klang seltsam verlegen. »Das war keine echte Pistole.«

Keine echte Pistole? »Was, bitte schön, war es denn dann?«

»Das war in Wirklichkeit der Zigarettenanzünder vom Armaturenbrett.«

Cheyenne erinnerte sich an das kalte runde Stück Metall, das sie an ihrer Schläfe gespürt hatte. Sie hatte wahnsinnige Angst gehabt. »Ein Zigarettenanzünder?«

»Entschuldige.« Er nahm ihren Arm. »Komm schon. Lass uns besser aufbrechen, bevor sie uns einholen. Du kannst den Bullen erzählen, dass ich dir geholfen habe und dass ich nie wollte, dass es so weit kommt.«

Cheyenne rührte sich nicht. »Wirst du nicht eine Menge Ärger kriegen?«

»Ich glaube, es ist ein bisschen spät, dass ich mir darüber Sorgen mache. Ich steck ohnehin schon in Schwierigkeiten. Jetzt ist nur noch die Frage, wie tief. Also, komm, lass uns weitergehen.«

Den Tatsachen ins Auge sehen

Zwei Stunden zuvor war Griffin mit teuflischen Kopfschmerzen aufgewacht. Sein Wecker klingelte und er hatte das unbestimmte Gefühl, dass er eine Zeit lang bewusstlos gewesen war.

Er hatte den Wecker auf 2:30 Uhr gestellt, bevor er sich neben Cheyenne gelegt hatte. Er war überzeugt, dass das gar nicht nötig war, weil er viel zu überdreht zum Schlafen sein würde.

Und das war sein letzter klarer Gedanke.

Jetzt zeigte der Wecker 3:12 Uhr. Er setzte sich auf. Plötzlich überkam ihn ein heftiges Schwindelgefühl. Sein Kopf schmerzte wie verrückt, und als er sich die Hand auf den Kopf legte, wurde sie feucht und klebrig.

Als er die Hand wieder zurückzog und seine Finger rot vom Blut waren, verspürte er eine verschwommene Art von Schock. Er betastete die Wunde etwas vorsichtiger. Zwei Beulen direkt nebeneinander, die eine zwei Zentimeter länger. Die Haut war heftig geschwollen. Aber als er mit vor Schmerzen zusammengebissenen Zähnen die Wunde gründlich untersuchte, fand er keine Knochenstücke. Griffin setzte sich noch mal auf, diesmal aber langsamer. Er versuchte zu verstehen, was passiert war. Er saß auf seinem Bett in seinem Schlafsack. Er schaute nach links. Da war noch immer die Nylonschnur ans Bett gebunden, aber keine Cheyenne am anderen Ende. Und auf dem Boden lag ein großer silberner Schraubenschlüssel, der mit irgendwas bespritzt war. Griffin wurde ein bisschen schlecht, als er auf die rotbraunen Flecken schaute, an denen Haare klebten. Das war Blut. Sein Blut.

Griffin stand auf. Kurz musste er sich am Bettpfosten festhalten.

Er würde denselben Fehler nicht zweimal machen. Er würde nicht hinausstürzen, um Cheyenne dann im Haus zurückzulassen. Schnell ging er von Zimmer zu Zimmer. Öffnete alle Schränke und schaute unter den Möbeln nach. Das Feuer im Ofen war ausgegangen und das Haus war ruhig und kalt.

Keine Cheyenne. Dieses Mal war sie also wirklich im Wald. Schnell zog er sich einen Mantel über, eine Mütze und Handschuhe, nahm die Taschenlampe und machte sich auf die Suche. Und dann entdeckte er, dass Duke auch weg war. Er folgte Cheyennes Spur, kam aber gezwungenermaßen nur langsam vorwärts. Damit er einen Fußabdruck auf der dünnen Schneedecke fand oder einen frisch abgebrochenen Zweig, musste er mit seiner Taschenlampe hin und her leuchten. Wenn es erst einmal hell wurde, würde es leichter – für alle. Er musste sie finden, bevor die anderen es taten.

Jetzt lief er also neben ihr durch den Wald. Und obwohl es nun Tag war, schien zu dieser Jahreszeit das Licht selbst mittags nur grau und unbestimmt. Nebelschwaden hingen zwischen den Bäumen. Geräusche verbreiteten sich hier seltsam, sie schwebten durch die kalte, klare Luft, und man wusste nie ganz genau, woher sie kamen. Obwohl er sich schon so sehr wie möglich beeilte, kamen sie noch immer recht langsam voran, weil sie Schlammlöchern und Büschen ausweichen mussten.

Immerhin lag der Schnee hier nicht so tief, es war nur eine unregelmäßige, dünne Schicht, und sie mussten sich über ihre Spuren keine Gedanken machen. Aber sie konnten nicht einfach nebeneinanderlaufen, dafür gab es nicht genügend Platz. Während Griffin Cheyenne also sorgsam über einigermaßen ebenen Boden führte, schlug er sich seinen Weg durch Farne und Büsche und versank selbst ständig in halb gefrorenem Schlamm.

Als sein Fuß unter ihm weggezogen wurde, schrie Griffin auf. Er konnte nicht anders, und dann fiel er hin.

»Was ist los?«, brüllte Cheyenne. Ihre Hände schwammen durch die Luft und suchten nach ihm. »Griffin? Was ist passiert?«

Er hatte solche Schmerzen, dass es ihm die Stimme verschlug. Tränen liefen seine Wangen hinunter. Er stützte sich auf die Ellbogen. Sein linker Fuß steckte noch immer halb in dem Loch, in das er getreten war, irgendein Tierbau. Aber sein Bein zeigte in eine ganz andere Richtung.

»Griffin?« Cheyennes Stimme brach. Sie hatte die blinden Augen weit aufgerissen und drehte ihren Kopf von der einen zur anderen Seite.

»Mein Knöchel«, ächzte er. »Ich bin in ein Loch getreten, und ich glaub, er ist gebrochen.

Es war, als würden unsichtbare Messer durch seine Sehnen und Nerven schneiden.

Griffin wollte es nicht, aber als er seinen Fuß aus dem

Loch zog, schrie er wieder auf. Der Fuß baumelte am Ende seines Beins wie ein Schuh, den er halb weggetreten hatte. Aber das da war sein *Fuß*. Griffin zog keuchend das Hosenbein hoch und versuchte die Schmerzen, die über ihn hereinbrachen, zu ignorieren. Ein Teil von ihm wollte gar nicht wissen, wie verletzt der Knöchel war.

Cheyenne hatte seine Schulter gefunden und hockte sich neben ihn. »Wie schlimm ist es?«

»Schlimm. Mein Fuß zeigt in die falsche Richtung.«

»Blutet es?«

»Nein. Aber ich glaube, dass mindestens ein Knochen in meinem Fußgelenk gebrochen ist.«

»Was sollen wir denn jetzt machen?«, fragte Cheyenne besorgt.

Griffin konnte kaum denken. Am Ende jedes Atemzugs stöhnte er leicht. »Wart mal. Komm und hilf mir hoch. Wenn ich mich auf dich stütze, kann ich vielleicht auf meinem guten Bein hüpfen. Ich werde deine Augen sein und du mein Bein.«

Cheyenne beugte sich zu ihm herunter, legte ihre Hände um seine Hüfte und dann zog sie, während Griffin versuchte, nur auf dem rechten Bein zu stehen. Das Ganze war viel zu schwer für Cheyenne, es fehlte nicht viel und sie würde auf ihn fallen. Fast hatte er es geschafft, aber dann taumelte er vorwärts, und als sein linker Fuß den Boden berührte, schnellte eine Art Stromstoß sein Bein nach oben und verbrannte jeden Nerv. Griffin kippte mit einem Schrei nach hinten und zog Cheyenne mit sich, sodass sie auf ihn fiel. Als etwas von ihr gegen seinen Knöchel presste, schrie er erneut auf. Er hatte so starke Schmerzen, dass ihm das nicht mal peinlich war. Sie rollte von ihm runter und dann lagen sie nebeneinander auf dem eisigen Boden. Für einen Moment war nichts zu hören als das Geräusch ihres Atems.

Er musste den Tatsachen ins Auge sehen. »Ich schaff das nicht, Cheyenne. Du musst alleine weitergehen.«

Cheyenne stützte sich auf. »Ich lass dich hier nicht liegen. Du wirst erfrieren. Ich hör doch schon, wie du mit den Zähnen klapperst.«

»Ach was. Das kommt nur vom Schock, mehr nicht.« Er nahm die Kälte und Feuchtigkeit, die durch seine Hosen kroch, nur entfernt wahr. »Hör mal, wir sind nur noch ein, zwei Meilen von der Hauptstraße weg. Ich kann dir die richtige Richtung zeigen. Wenn du geradeaus läufst, wirst du dort wahrscheinlich in weniger als einer Stunde ankommen. In der Zeit passiert mir bestimmt nichts Schlimmes. Lass uns nicht drumrum reden, ich kann mein Bein auf keinen Fall belasten. Selbst wenn ich auf die Beine komme, kann ich keine zwei Meilen weit hüpfen. Geh zur Straße und halt jemanden an. Dann kannst du mit Hilfe zu mir zurückkommen.«

Cheyenne fuhr mit den Fingern über seine Brust, bis sie sein Gesicht gefunden hatte, und legte ihre Hand auf seine Wange. »Aber wenn sie dich finden, bringen sie dich vielleicht um, weil du mir geholfen hast.«

»Aber sie werden nicht erfahren, dass ich dir geholfen habe.« Er sprach durch zusammengebissene Zähne, als die Schmerzen sein Bein rauf in sein Gehirn schossen. »Ich sage ihnen einfach, dass ich dich gesucht habe. Und dann sage ich, dass ich Spuren entdeckt habe, und schicke sie in eine völlig andere Richtung.«

»Nein.« Cheyenne schüttelte den Kopf und schürzte die Lippen. »Auf keinen Fall.« Sie nahm eine seiner Hände und wollte aufstehen. »Ich kann dich nicht hierlassen. Du musst mit mir kommen. Na los doch. Versuch's noch mal und steh auf. Du hast zu schnell aufgegeben.« Ihr Gesicht war ganz blass. Eine blaue Ader pochte an ihrer Schläfe.

»Cheyenne«, sagte er mit Nachdruck, »ich kann nicht. Wenn wenigstens einer von uns überleben soll, musst du so bald wie möglich zu dieser Straße.«

Eine Viertelmillion Dollar, zwei Schusswaffen und ein toter Mann

Griffin war es eiskalt. Er zitterte am ganzen Körper. Und jedes Mal, wenn er zitterte, zog es bis in seinen Knöchel hinunter. Es fühlte sich so an, als würden die Knochenränder gegeneinanderreiben. Aber er konnte mit dem Zittern nicht aufhören.

Als er auf der Verbrennungsstation gelegen hatte, war es genauso gewesen. Die Krankenschwestern hatten ihm erklärt, dass das am Schock lag, und hatten seine nicht verbrannten Körperteile in weiße Decken gehüllt, die von einem Spezialgerät vorgewärmt waren.

Er versuchte seinen Körper anzuspannen, damit er endlich mit dem Zittern aufhörte, aber es half nicht. Jedes Beben wurde von einer Welle aus Schmerz beantwortet, die vom Knöchel bis zum Becken strahlte. Griffin wollte den winzigen Rest Wärme, den er noch in sich trug, behalten, also legte er sich auf die Seite und rollte sich zusammen. Aber ihm war noch immer genauso kalt, wenn nicht noch schlimmer, denn nun war auch noch seine andere Seite nass. Die Stellen seiner Kleider, die den Boden berührt hatten, als er auf dem Rücken gelegen hatte, waren schon hart gefroren.

Er wusste nicht, wie lang er dort gelegen hatte, bevor er

aus seinem Dämmerzustand gerissen wurde. Zuerst dachte er, er hätte sich das nur eingebildet, aber dann war er sich sicher. Da war etwas. Nein, jemand. Jemand ging durch den Wald. Und Stimmen waren auch zu hören. Er konnte nicht verstehen, was geredet wurde, aber die Stimmen kamen ihm bekannt vor – Jimbo und TJ. Die sich stritten. Wie immer.

»Wir gehen einfach zum Haus zurück, schnappen uns den Laster und verschwinden«, sagte Jimbo. »Verschwinden, bevor Roy es sich anders überlegt. Scheiß drauf. Wir haben unser Geld.«

»Aber wohin sollen wir?« TJ hörte sich durcheinander an.

»Kapierst du's nicht? Es gibt kein ›sollen‹ mehr. Wir können tun, was wir wollen. Jeder von uns hat eine Viertelmillion Dollar. Ich glaube, ich gehe nach Brasilien. Ich wollte schon immer mal zum Karneval.«

»Und was ist mit TJ?«

»Was soll mit dir sein?«, fragte Jimbo.

»Geh ich mit dir?«

Jimbo schwieg ein paar Sekunden. »Vielleicht wird es langsam Zeit, dass wir unsere Sachen allein machen.«

»He!«, brüllte Griffin. »He!« Er stemmte sich auf den Ellbogen und achtete nicht darauf, wie weh es tat, wenn er sich bewegte.

»Was zum Teufel war das?«, fragte TJ erschrocken.

»Das ist Griffin, du Dummkopf«, sagte Jimbo. »He, Griff – wo steckst du?«

»Hier drüben. Ich bin verletzt.«

Ein paar Sekunden später waren sie bei ihm.

»Sieh an, sieh an! Was ist denn hier passiert?« Jimbo hatte anscheinend jeden Mantel angezogen, den er besaß. Eine

Hand hatte er in die Seite gestemmt. In der anderen hielt er ein Gewehr. TJ stand zwei Schritte hinter ihm mit seiner eigenen Waffe.

»Ich bin verletzt. Ich habe Cheyenne verfolgt und dann bin ich in ein Loch getreten.« Griffin zeigte auf sein Bein. »Mein Knöchel ist gebrochen.« Er schaute an ihnen vorbei. »Wo ist mein Dad?«

»Der fährt die Straßen ab und sucht das Mädchen«, sagte TJ. Er drehte sich zu Jimbo und zog ein Handy aus der Tasche. »Sollen wir Roy anrufen?«

»Ihr müsst auf jeden Fall irgendwen anrufen«, sagte Griffin. »Ich kann nicht laufen. Es muss jemand kommen und mir helfen.«

»Wart mal kurz.« Jimbo legte den Kopf zur Seite. »Wo ist Cheyenne?«

»Sie hat mir eine übergezogen und mich k.o. geschlagen. Habt ihr meinen Zettel nicht gefunden?«

»Doch, haben wir.« TJ lehnte sich weiter zu ihm herunter und schaute sich den Knöchel an. Er schüttelte mit dem Kopf. »Hast du sie gefunden?«

»Ich hatte sie fast eingeholt, bevor ich in dieses Loch getreten bin. Ich hab sie da drüben gehört.« Griffin zeigte in die entgegengesetzte Richtung von dem Weg, den Cheyenne eingeschlagen hatte. »Aber könnt ihr bitte meinen Dad anrufen, bevor ihr Cheyenne hinterhergeht?«

»Er ist beschäftigt, so wie wir«, sagte Jimbo. »Versucht dieses bescheuerte Mädchen zu finden, das dir durch die Lappen gegangen ist.«

Griffin gefiel nicht, wie die Sache sich entwickelte. »Könnt ihr mich dann raustragen? Ich kann nicht auftreten.«

TJ streckte seine freie Hand Richtung Griffin, aber Jimbo berührte seinen Arm und TJ hörte auf. Dann zeigte Jimbo mit dem Lauf des Gewehrs auf etwas.

»Was ist das?«

Griffin schaute in die Richtung, in die Jimbo zeigte. Direkt neben ihm lag Cheyennes gestreifter Schal. Er musste runtergerutscht sein, als sie ihm aufhelfen wollte und ihr Gleichgewicht verloren hatte und hingefallen war.

»Ich –, ich weiß nicht.«

»He, der gehört Cheyenne«, sagte TJ langsam. »Hast du nicht gesagt, dass du sie nicht eingeholt hast?«

»Hab ich auch nicht.« Es war nur zu offensichtlich, dass er log. »Sie hat ihn hier einfach verloren und ich habe ihn gefunden.« Das war zwar einleuchtend, aber das hätte er als Allererstes sagen sollen. Jetzt würden sie herausfinden, dass er sie laufen gelassen hatte.

»Du hast ihn einfach so gefunden«, sagte Jimbo. »Hier auf dem Strauch?«

»Ja. Deswegen hab ich überhaupt erst gewusst, dass ich sie fast eingeholt hatte.«

»Also gut, Griffin, was ist wirklich passiert? Hast du's ihr heimgezahlt, weil sie dir eine übergezogen hat?« Jimbo grinste. »Der Apfel fällt wohl nicht weit vom Stamm.« Er sah sich um. »Sag schon, wo hast du sie hingelegt.«

»Wovon redest du?«

TJ schüttelte den Kopf. »Vergiss es«, sagte er. »Nichts, was du wissen musst.«

Jimbo sah Griffin mit einem listigen Grinsen an. »Was glaubst du wohl, wo deine Mama all die Jahre gesteckt hat?«

»Chicago«, sagte Griffin, aber sobald er es laut ausgesprochen hatte, hörte es sich irgendwie blöd an. »Bei ihrer Familie.« Er hatte sich die ganze Zeit gefragt, ob sie wieder geheiratet und vielleicht eine andere Familie hatte. Ein Kind ohne Narben.

»Ich hab dir gesagt, du sollst ihm nichts sagen«, sagte TJ mit Nachdruck. »Er braucht das nicht zu wissen.«

Jimbo achtete gar nicht auf ihn. »Chicago?«, wiederholte er sarkastisch. »Schon klar. Und dort isst sie dann die Pizza Chicago Style und hört Jazz, hm?«

»Warum?« Griffin setzte sich aufrecht hin, ohne auf den höllischen Schmerz in seinem Bein zu achten. »Ist sie eher in Portland oder so was?«

»Portland. Der war gut«, nuschelte Jimbo. »Portland.«

TJ seufzte. »Sie liegt draußen bei euch, Griffin, unter der Seitenwand von einem Honda. Wir haben sie da begraben.«

»Was?« Griffin fühlte nicht mal mehr den Schock. Er fühlte – gar nichts. Wie wenn er fallen würde und da wäre nichts, was ihn auffängt.

»Roy ist schon immer leicht hochgegangen, du kennst das ja«, sagte Jimbo schulterzuckend. »Na ja, und als du im Krankenhaus warst, lief es nicht mehr so gut zwischen ihm und Janie. Sie hat die ganze Zeit auf ihm rumgehackt, weil du die Verbrennungen abbekommen hast. Und eines Nachts, als sie ihn wieder aufgeregt hat, hat er sie ein bisschen geschubst. Sie ist gestolpert und mit dem Kopf auf den Ofen geknallt. Er hat sie da liegen gelassen und ist ins Bett gegangen, weil er ihr eine Lehre erteilen wollte. Und als er wieder aufgestanden ist, war sie mausetot.«

»Nein.« Griffin schüttelte heftig den Kopf. Es war ihm egal, dass sein Bein wahrscheinlich wieder wehtun würde. »Nein«, sagte er, obwohl er sich das Ganze gut vorstellen konnte, obwohl er es deutlicher vor sich sah als TJ und Jimbo. Er versuchte hochzukommen, er musste aufstehen, fiel dann aber mit einem Schrei zurück. Seine Mutter war tot?

»Schau ihn dir an«, sagte Jimbo flach und ohne jegliche Betonung, wie mit der Stimme eines Hypnotiseurs. »Was glaubst du, wie lange er durchhält, wenn wir ihn hierlassen? Ich mein, schau ihn dir doch an.«

TJ drehte sich zu ihm, und die beiden Männer betrachteten Griffin so ruhig, als wäre er etwas, das sie am Straßenrand gefunden hatten, und als wäre er gar nicht da. »Seine Haut sieht irgendwie schon blau aus. Wir erzählen Roy einfach, dass wir ihn nirgends gesehen haben, und lassen der Natur ihren Lauf. Dann wissen wir wenigstens, dass er niemandem was von dem Geld erzählt.«

TJ legte den Kopf zur Seite. »Aber was ist mit Roy?«

»Das ist nicht unser Problem, Blödmann«, sagte Jimbo. »Wenn er wirklich in den Wald rauswill und nachschaut, ist es eben so. Wir sind dann schon lange weg.«

»Du willst ihn einfach erfrieren lassen?« TJ hatte wohl langsam kapiert, was Jimbo da vorschlug.

»Ist er doch eh schon halb«, sagte Jimbo ruhig. »Warum sollen wir uns da noch einmischen?«

Griffin dachte, dass es nicht mehr viel schlimmer kommen konnte, aber ihm gefror das Blut in den Adern, als er TJs nächste Worte hörte.

»Mensch, wenn er mein Hund wäre, würde ich ihn erschießen.« Er zielte mit seiner Waffe genau auf Griffins Bauch.

Griffin rührte sich nicht.

Jimbo stieß den Pistolenlauf zur Seite. »Bist du bescheuert? Wenn du das machst, wollen sie wissen, wer ihn erschossen hat. Wenn wir ihn so lassen, ist klar, was passiert ist. Er ist mit dem Fuß in einem Loch hängen geblieben, hat seinen Knöchel gebrochen und dann ist er gestorben. Ende der Geschichte. Keiner stellt Fragen und keiner hat Schwierigkeiten.«

»Ich bin nicht bescheuert. Wir begraben ihn natürlich hier draußen. Ich hab es satt, dass du mich immer bescheuert nennst.«

Griffin schloss seine Hand um einen faustgroßen Stein. Es war lächerlich – als würde man mit einer Steinschleuder gegen eine Panzerfaust kämpfen –, aber er würde nicht einfach auf dem eiskalten Boden auf dem Rücken liegen bleiben und sterben.

»Ich hab dir gesagt«, wiederholte TJ, als Jimbo nicht antwortete, »dass du mich nicht bescheuert nennen sollst.«

»Wieso nicht? Stimmt doch.« Jimbo zuckte mit den Schultern. »Du *bist* bescheuert. Ihn begraben macht viel zu viel Arbeit. Aber das ist mal wieder typisch, du denkst Sachen nie zu Ende.«

Dann hörte man einen Schuss. Und Griffins Herz stand still.

Aber es war Jimbo, der auf den Kiefernnadeln zusammenbrach.

»Da hast du's«, sagte TJ. »Wer ist denn jetzt bescheuert? Wer ist denn jetzt bescheuert, Jimbo?« Er atmete schwer

In Griffins Ohren klingelte es. Er rührte sich nicht. Er war schon tot. Es war nur eine Frage der Zeit, bis TJ es Wirklichkeit werden ließ.

Aber dann ließ TJ seine Pistole fallen, lehnte sich nach vorne und stützte die Hände auf seine Knie. Erbrochenes spritzte auf die Kiefernnadeln.

Griffin warf einen Blick auf Jimbo und wünschte sogleich, er hätte es bleiben lassen. Er legte den Kopf ein wenig anders, damit er die Leiche nicht aus Versehen noch mal sah.

TJ richtete sich auf und wischte sich über den Mund. »Ich hab das noch nie gemacht«, sagte er. »Es ist anders, als man denkt.«

Griffin hatte Angst, ihm in die Augen zu schauen. Als er es endlich doch tat, sah er, dass TJs Pupillen viel zu groß waren. Sein Gesicht sah so aus, als würde er gleich lachen oder weinen – oder beides.

»Tja«, sagte TJ, »einen Vorteil hat es ja. Jimbo hält endlich, endlich mal die Klappe.« Er lachte schrill. Es klang, als würde Glas brechen.

Griffin hörte, wie TJ zur Leiche ging, aber er wollte noch immer nicht hinsehen. Jimbo lag auf der Seite. Er hörte wie TJ ihm den Rucksack abnahm.

TJ kam in seine Blickrichtung zurück. »Die Hälfte gehört dir«, sagte er und hob abschätzend den Rucksack hoch.

»Schon in Ordnung. Ich brauch keins.«

TJ machte den Reißverschluss auf. Es war lange ruhig. »Es ist nass. Warum ist das ganze Geld nass?« Seine Stimme kippte nach oben. Er fasste hinein, nahm eine Handvoll Scheine und zog sie raus. Der Schnee wurde von roten Tropfen gesprenkelt. »Das ist Blut. Oh Gott, das ist Blut!«

Er ließ das Geld fallen und dann den Rucksack. Ein Geldschein segelte nach unten und landete auf Griffins Hand. Es sah aus, als wäre eine Ecke in Farbe getaucht worden.

TJ entdeckte einen kleinen sauberen Flecken Schnee. Er kniete sich hin und wischte sich die Hände daran ab, als wenn es ein Handtuch wäre. Er wusch seine Hände in Schnee, der schon bald matschig rosa wurde. Und dann stand er auf und ging und sagte kein Wort mehr zu Griffin. Griffin blieb zurück, allein, mit einem gebrochenen Knöchel, einem blutigen Rucksack, der mit einer Viertelmillion Dollar gefüllt war, zwei Schusswaffen und einem toten Mann.

Es war fast unmöglich

Cheyenne saß zusammengekauert hinter einem riesigen Baum und versuchte, so leise wie möglich zu sein. Sie war außer Atem und konnte die Luft nicht anhalten, also atmete sie flach und mit offenem Mund. Die kalte Luft kratzte in ihrer Lunge. Tränen schossen ihr in die Augen, aber sie wollte nicht husten. Sie würden sie jeden Moment finden. Vor dreißig Minuten hatte sie einen Schuss gehört, nicht besonders nah, aber sehr weit weg auch nicht. Danach war sie noch schneller gelaufen.

Vor fünf Minuten dann hatte sie ganz schwach ein Auto brummen hören. Sie musste fast bei der Straße sein! Das hieß, da vorne waren Leute, Leute, die ihr helfen konnten. Und dann hätte diese ganze lange Tortur endlich ein Ende.

Sie war weitergehastet und hatte nicht auf Zweige geachtet, die gegen ihre Beine peitschten, oder auf den Waldboden, der so uneben war, dass sie zigmal stolperte und beinahe fiel. Ihr einziger Gedanke war, dass sie irgendwie den Fahrer anhalten musste, obwohl ein Teil von ihr wusste, dass er sicher schon lange vorbeigefahren war.

Aber dann hörte sie es. Jemand rannte durch den Wald. Rannte ihr direkt hinterher. Und wer sollte jetzt schon hier draußen sein? Der Autofahrer war bestimmt nicht plötzlich ausgestiegen, er hatte keine Ahnung, dass sie hier war. Es musste einer von den drei Männern sein. Sie hatte Glück gehabt, dass Griffin sich als einer der Guten herausgestellt hatte. Ein zweites Mal würde sie nicht so viel Glück haben.

Also hatte sie sich hinter dem größten Baum versteckt, den sie finden konnte, und konzentrierte sich darauf, dass sie vollkommen bewegungslos blieb.

Es war fast unmöglich. Am liebsten wollte sie aufspringen, mit beiden Armen wedeln und schreien. Einfach damit das Unvermeidbare endlich kam. Zielte ihr Mörder vielleicht jetzt gerade auf sie?

Cheyenne suchte nach einem Ausweg. Das Wissen, dass sie vielleicht bald sterben musste, machte es in gewisser Weise leichter. Vielleicht sollte sie zu, wer auch immer es war – TJ, Jimbo oder Roy – rüberstürmen und demjenigen die Pistole entreißen, bevor der seine Überraschung über ihren selbstmörderischen Angriff überwunden hatte. Allerdings war es wohl wahrscheinlicher, dass sie dann mit einem faustgroßen Loch in der Brust endete.

Trotzdem, irgendetwas in ihr weigerte sich, aufzugeben. Nicht, nachdem sie so weit gekommen war, so viel riskiert hatte und so viele Dinge getan hatte, die sie letzte Woche noch für unmöglich gehalten hätte.

Dann gellte es durch die kalte, ruhige Luft.

»Stehen bleiben! Polizei! Keine Bewegung!«

Durch Cheyenne ging von Kopf bis Fuß ein Ruck wie ein Stromschlag.

Also nicht die Bösen.

Sie würde leben. Sie hatte es geschafft!

Sie befolgte nicht, was der Polizist gesagt hatte. Sie konnte einfach nicht. Sie stand auf und rannte der Stimme entgegen, ihr war egal, was ihr vielleicht im Weg lag.

»Hilfe, oh, bitte helfen Sie mir!« Etwas Spitzes zerriss ihre Hose und bohrte sich in ihre Wade. Sie schüttelte das Bein, bis sie freikam, und rannte mit erhobenen Händen weiter. Er sollte wissen, dass sie keine Bedrohung war. Sie wollte nur so schnell wie möglich die Distanz zwischen sich und dem Polizisten überbrücken. Sie wollte endlich in Sicherheit sein. »Hilfe!«, schrie sie wieder. »Ich bin entführt worden.«

Eine Hand legte sich fest auf ihre Schulter. »Immer mit der Ruhe, junge Dame. Was erzählst du da?« Die raue Stimme des Polizisten hörte sich ein bisschen amüsiert an. Glaubte er etwa, sie würde irgendeine Art Kinderspiel veranstalten?

»Ich bin Cheyenne Wilder. Ich wurde vor zwei Tagen im Woodlands Experience Einkaufszentrum entführt.«

»Moment mal – sie haben dich heute Morgen beim Dienstantritt erwähnt. Bist du wirklich Cheyenne Wilder? Die Tochter vom Nike-Präsidenten?« Sie fühlte, wie er sie musterte. Cheyenne überlegte, wie sie wohl aussah. Ihre Kleider waren verdreckt und zerrissen, das Gesicht zerkratzt, und die zerstrubbelten Locken waren wahrscheinlich mit alten Blättern, Tannennadeln und abgebrochenen Zweigen übersät. Aber das machte es ja nur glaubhafter. Wenn jemand so aussah wie sie, musste er die ganze Nacht blind durch den Wald gerannt sein.

»Mensch«, sagte er halb zu sich. Seine Stimme hörte sich angeknackst an, als hätte er gerade eine Erkältung hinter sich. »Ich suche hier draußen nach Leuten, die wildern, und stattdessen finde ich das Mädchen, nach dem in drei Bundesstaaten gesucht wird.« Sie hörte, dass er die Füße bewegte. Wahrscheinlich schaute er sich um, dachte sie. »Wo sind diese Typen? Sind sie dir gefolgt?«

»Nein, nein. Ich hatte solche Angst.« Jetzt wo sie ihre Ängste loslassen konnte, seufzte sie leicht. »Ich hatte so Angst, dass Sie einer von denen sind. Ich dachte, jetzt haben sie mich gefunden.«

Er lachte zweistimmig. »Keine Sorge. Jetzt bist du ja bei mir. Du bist in Sicherheit. Ich gebe die frohe Botschaft besser mal weiter.« Sie hörte, wie er ein paar Tasten drückte. »Ratet mal, wen ich hier habe? Cheyenne Wilder! Und sie scheint in guter Verfassung zu sein. Over.«

Sie hörte eine dünne Stimme, verstand aber nicht, was sie sagte.

»Verstanden«, sagte der Polizist. »Ihr könnt die Suche abbrechen.«

»Lassen Sie mich mit meinem Vater reden«, bettelte sie und hielt ihm die leere Hand entgegen. »Bitte.«

»Oh, er ist nicht auf dem Revier, Cheyenne.« Dann sprach der Polizist mit der Stimme am anderen Ende der Leitung. »Können Sie Kontakt mit Mr Wilder aufnehmen und ihm sagen, dass er mich zurückrufen soll? Hier gibt es jemanden, der sehr gern mit ihm sprechen würde. Ende.« Seine Stimme änderte sich und sie wusste, dass er wieder mit ihr sprach. »Mein Auto steht eine halbe Meile weit von hier an der Straße. Glaubst du, du schaffst es bis dahin, wenn ich dich führe?«

»Ich habe es durch den Wald geschafft. Eine Straße ist nicht schlimm.« Sie würde den Polizisten unter keinen Umständen weiter als zwei Meter von sich weglassen. Sie ertrug den Gedanken nicht, dass sie wieder allein sein könnte, nicht mal für eine Sekunde. Was, wenn einer der Männer hinter ihr aus dem Wald auftauchte, während sie wartete?

Der Polizist nahm ihren Ellbogen und lief los. Sie waren gerade mal hundert Schritte gegangen, als ihre Füße über Schotter knirschten, und dann, ein paar Schritte später, standen sie auf glattem Asphalt. Sie hatten die Straße erreicht. Also hatte sie es sich nicht eingebildet, als sie dachte, dass sie ein Auto gehört hatte. Auch wenn der Polizist nicht vorbeigekommen wäre, hätte sie noch immer jemanden anhalten können. Wenigstens musste sie sich jetzt keine Gedanken mehr machen, dass sie dabei aus Versehen überfahren wurde.

»Du hast gesagt, dass du den Männern entkommen konntest, die dich entführt haben. Wie das? Hat dir jemand geholfen?«

Cheyenne blieb wie angewurzelt stehen und der Mann lief in sie hinein. »Oh Gott! Das hätte ich ihnen gleich sagen sollen. Sie müssen einen Suchtrupp losschicken. Dieser Griffin ist irgendwo da draußen im Wald. Er ist verletzt. Er hat mir gesagt, dass ich ohne ihn weitergehen soll und dass er die Typen von mir wegführen will.« Sie drehte sich um und legte ihre freie Hand auf den Arm des Polizisten. »Er braucht sofort medizinische Hilfe.« Dass er bereits tot sein könnte, daran wollte sie nicht denken. Trotzdem stellte sie sich vor, wie er hingestreckt auf seinem Rücken auf dem gefrorenen Boden lag, seine Haut war weiß wie Wachs und seine aufgerissenen Augen starrten in den grauen Himmel. Sie sah ihn so deutlich vor sich wie die Erinnerung daran, als sie in seinem Zimmer miteinander geredet hatten.

Er lebt, schalt sie sich. *Er lebt, und du fängst jetzt besser mal an und schaffst ein paar Grundlagen. Wenn es für einen Freispruch nicht reicht, dann wenigstens für eine Bewährungsstrafe.*

»Griffin ist bloß der Teenager, der in dem Haus wohnt, wo ich gefangen war. Es war sein Vater, der das Lösegeld gefordert hat. Und dann waren da noch zwei andere Männer. Griffin hat mich vor ihnen beschützt.« Cheyenne fühlte, wie ihre Wangen heiß wurden. Glaubte er, dass sie vergewaltigt worden war? »Er hat mich beschützt. Die Männer wollten mich nicht freilassen, weil ich sie vielleicht identifizieren könnte. Griffin hat herausgefunden, was sie vorhatten, und mir bei der Flucht geholfen.« Cheyenne würde nicht erzählen, wer sie entführt hatte, und hoffte, dass es Griffin half. »Bitte, bitte, Sie müssen ihnen sagen, dass sie sofort losmüssen, um ihn zu suchen.«

»Sind seine Verletzungen lebensgefährlich?« Der Polizist klang seltsam.

»Nein, aber er hat einen gebrochenen Knöchel und kann nicht laufen. Sie müssen ihn möglichst bald finden, sonst erfriert er.«

»Wir kümmern uns darum, sobald wir auf dem Revier sind.« Der Polizist klang nicht sehr versöhnlich. Cheyenne hoffte nur, dass derjenige, der wirklich das Sagen hatte, Griffin etwas wohlwollender gesonnen war. »So. Hier steht das Auto.« Er ging langsamer und führte sie zurück auf den Schotter.

»Ich bin noch nie mit einem Polizeiauto gefahren.«

»Tut mir leid, dass du die Gelegenheit verpasst – aber wir benutzen Privatfahrzeuge, damit wir nicht so schnell erkannt werden.« Er öffnete die Tür, legte seine Hand auf ihr Kreuz und half ihr ins Auto.

Sie setzte sich vorne auf die durchgehende Sitzbank. Drinnen roch es nach Zigaretten und Fastfood. Bis sie für ihre Füße einen Platz zum Abstellen gefunden hatte, stieß sie gegen Schachteln und irgendwelche harten Sachen, die schepperten. Werkzeuge? Sie hörte, wie der Polizist auf der anderen Seite einstieg und die Tür zumachte, und fühlte sein Gewicht, als er sich neben sie setzte.

»Bringen Sie mich jetzt nach Hause?«

»Erst mal aufs Revier. Dort treffen wir deinen Vater. Wir müssen dich, ähm, eingehend befragen.« Mit seiner Stimme stimmte irgendwas nicht.

Und dann wurde Cheyenne klar, dass alles irgendwie nicht stimmte. Sie zog Luft durch die Nase ein. Hier im Auto roch der Polizist seltsam vertraut. Sie schnupperte noch mal. Es war der scharfe, medizinische Pfefferminzgeruch, der den erdigen Tabakgeruch überdeckte.

Überhaupt nicht wie ein Spielzeug

Oh nein.

Cheyenne erinnerte sich plötzlich wieder an die raue Stimme, die die ganzen Telefonnummern von ihr verlangt hatte. Griffins Vater hatte so gerochen.

Roy hatte sein Aussehen nicht verändern müssen. Er hatte einfach seine Stimme verstellt und tiefer gesprochen. Aber seinen Geruch hatte er nicht ändern können.

Cheyenne wusste, dass er sie zu ihrer Hinrichtung fuhr. Hier konnte er sie nicht erschießen, weil er damit vielleicht jemanden auf sie aufmerksam machen würde. Außerdem hätte er eine blutige Sauerei in seinem Auto. Er plante sicher, sie zum Haus zu fahren, während sie die ganze Zeit darüber redeten, was sie tun würden, wenn sie erst auf dem Revier wären.

Dann fiel ihr das Handy ein, das er benutzt hatte. Vielleicht könnte sie es sich schnappen und die Polizei anrufen. Wenn sie richtig viel Glück hatte, würde er vielleicht gar nicht merken, dass sie es hatte, und sie könnte es hinter ihrem Rücken verstecken und dort die Tasten drücken. Es würde ihr vielleicht ein, zwei Sekunden bringen, bevor er die Stimme am anderen Ende hörte oder merkte, was sie tat.

Es war ziemlich aussichtslos, aber was sollte sie sonst machen? Wenn sie aus dem Auto käme und fortlaufen würde, hätte er sie gleich überwältigt und würde sie zurückschleppen. Und dann würde er nichts mehr vortäuschen.

Er startete den Motor. Cheyenne strich mit der Hand über den Platz zwischen ihnen. Sie schloss die Finger um den Gegenstand, den sie gefunden hatte.

Nur war es leider kein Handy.

Es war die Pistole.

»He!« Roy klang überrascht. Zu überrascht für seine falsche Stimme.

Cheyenne nahm die Waffe in die rechte Hand. Die Pistole war nicht sehr groß. Aber sie fühlte sich schwer und echt an und überhaupt nicht wie ein Spielzeug. War sie gesichert?

»Eine Bewegung und ich erschieße Sie.«

Sie wollte, dass ihre Stimme selbstbewusst klang und überzeugend. Stattdessen war sie schrill und zittrig.

Roy lachte nur.

Irgendetwas zuckte durch ihr verbliebenes Sichtfeld. Es war Roys Hand, die ihr die Pistole wegreißen wollte. Als sie sich um ihre Faust schloss, drückte ihr Finger den Abzug.

Der Knall war so laut, dass er alle anderen Geräusche verschlang.

Und dann wurde die Stille durch Roys Schrei durchbrochen.

»Du hast mich angeschossen!« Er hörte sich eher beleidigt als verletzt an.

Wie schwer hatte sie ihn verletzt? Schwer genug, dass er sterben würde? Oder nicht genug, um ihn davon abzuhalten, dass er sie verletzte.

Cheyenne hielt noch immer die Pistole in der Hand.

»Raus hier!«, schrie sie.

»Was?«

»Raus aus dem Auto! Oder ich schieße noch mal.« Sie presste die Pistole nach vorne, bis sie Haut berührte. Nasse Haut.

»Okay, okay!«

Sie hörte, wie die Tür geöffnet wurde, Roy rauskletterte und mit einem »Uff« auf die Straße fiel. Mit der Pistole in der Hand lehnte Cheyenne sich nach vorne, fand den Türgriff und schlug die Tür zu. Eine Sekunde später drückte sie den Knopf runter, kurz bevor Roy von draußen nach dem Griff fasste. Jetzt, wo der Pistolenlauf nicht mehr gegen seine Haut drückte, überlegte er es sich ganz offensichtlich anders. Er wollte wieder zurück ins Auto.

Die andere Tür!

Cheyenne lehnte sich nach rechts und fand den Riegel gerade rechtzeitig. Ihre Hand war klebrig. Wahrscheinlich vom Blut. An der Beifahrertür rüttelte es.

»Lass mich rein, Cheyenne.«

»Nein!«

»Komm schon, ich bin verletzt. Ich muss zum Arzt. Wenn du mich reinlässt, fahre ich zum Krankenhaus und lass dich gehen.«

Wo hatte sie ihn getroffen? Cheyenne wusste es nicht. An seinem Arm? Seinem Bauch? Seiner Brust? Gut möglich, dass Roy die Wahrheit sagte. Vielleicht musste er wirklich ins Krankenhaus.

»Cheyenne, ich verblute. Bitte, um Himmels willen.«

Langsam hob Cheyenne die Hand.

Roy musste auf die andere Seite des Autos zurückgelaufen sein, plötzlich rüttelte es nämlich an der Fahrertür. Cheyenne zuckte zusammen.

»Lass mich rein, Cheyenne.« Seine Stimme war jetzt lauter und wütender. »Lass mich rein oder dir wird es noch leidtun!«

Vielleicht hatte sie ihn ja bloß gestreift.

Direkt neben ihrem Ohr gab es einen lauten Schlag. Sie schrie.

Da, wieder ein Schlag. Cheyenne begriff, dass Roy mit einem Stein gegen das Fenster hämmerte. Mit einem großen Stein.

Als er das dritte Mal dagegenschlug, hörte es sich gedämpfter an. Er fluchte, und dann hörte Cheyenne, wie der Stein zu Boden fiel. Statt des Fensters hatte Roy seinen eigenen Finger zertrümmert.

Gut.

Cheyenne drückte die Mündung der Pistole gegen die Scheibe an die Stelle, an der sie Roy vermutete. Sie drückte stark und hoffte, dass ihre Hand dann nicht mehr zitterte. »Hören Sie auf damit, oder ich schieße noch mal!«

»Wirklich?« Roy lachte. »Glaub ich nicht. Du wirst mich um Längen verfehlen. Oder vielleicht prallt die Kugel auch ab und trifft dich. Also, mach nur.« Und dann schmetterte er den Stein wieder gegen das Glas.

Blindfahrt

Während sie den Pistolenlauf gegen das Fenster presste, wurde Cheyenne klar, dass Roy recht hatte. Selbst wenn die Kugel nicht abprallte – und sie war sich nicht ganz sicher, wie das klappen sollte –, also selbst wenn die Kugel durch das Fenster ging, könnte sie noch immer von den umherfliegenden Glassplittern getroffen werden. Und Roy bekäme vielleicht überhaupt nichts ab. Alles, was sie damit erreicht hätte, wäre ein riesiges, klaffendes Loch. Und dann würde er sie kriegen.

Die Aussichten waren frustrierend. Cheyenne hatte Angst und fing an zu weinen. Sie zuckte zusammen, als der Stein wieder gegen das Fenster krachte. Dabei kam sie mit dem Fuß an das Gaspedal und der Motor heulte auf.

Sie musste irgendetwas tun, aber was?

Dann fiel ihr plötzlich ihre Mutter ein. Sie hatte an einem regnerischen Samstagnachmittag neben ihr gesessen und auf den leeren, kurvigen Straßen des nahe gelegenen Friedhofs Fahren üben dürfen.

Könnte sie einfach wegfahren?

Es krachte wieder. Und es war nur eine Frage der Zeit, bevor das Fenster Risse bekommen würde und dann zersprang.

Okay. Sie konnte das schaffen. Der Motor lief noch. Cheyenne drehte sich zur Seite und legte die Pistole weg. Dann umklammerte sie das Lenkrad ganz fest, sodass ihre Finger wehtaten.

Sie ging schnell noch einmal durch, an was sie sich erinnerte. Das Gaspedal war rechts. Die Bremse links.

Aber halt. Das Auto war auf »Parken« gestellt. Sie musste es auf »Fahren« stellen. Das einzige Auto, mit dem sie gefahren war, war ein Automatik gewesen. Was, wenn das hier eine Gangschaltung hatte? Sie hatte keine Ahnung, wie man eine Kupplung benutzte.

Cheyenne lehnte sich nach vorne und tastete rechts von sich. Kein Schalthebel. Nur eine Wölbung mitten auf dem Boden. Das Auto war ganz bestimmt ein Automatik. Nur, wo war der Hebel, mit dem sie schalten konnte?

Der Stein krachte wieder gegen das Fenster.

Eine andere Erinnerung. Großmutters Auto, das so alt gewesen war, dass es nicht mal Sicherheitsgurte hatte. Und der Schalthebel war über dem Lenkrad gewesen. Cheyenne schickte ein Stoßgebet zum Himmel und drückte einen der Stäbe, die aus der Lenksäule herausstanden, nach unten. Was folgte, war ein Wischen. Die Scheibenwischer.

»He!« Roy schrie. »He!«

Sie drückte den Hebel zurück. Der zweite Stab war dicker. Er ließ sich mit einem befriedigenden Klacken nach unten schalten. Das Auto bewegte sich, gut, aber es holperte rückwärts.

Cheyenne stieg mit beiden Füßen voll auf die Bremse.

»He!«, brüllte Roy wieder. »Was zum Teufel machst du da?«

Tja, *was* machte sie da? Es war lächerlich. Vielleicht sollte sie einfach aufgeben.

Aus den Augenwinkeln sah sie eine Bewegung, und es überraschte sie nicht wirklich, als der Stein wieder gegen das Fenster donnerte. Diesmal allerdings glaubte Cheyenne, dass sie ein Knacken gehört hatte.

Sie drückte den Hebel eine Stufe weiter runter. Nichts. Dann die dritte Stufe. Das Auto machte einen Satz nach vorn. Es fuhr, obwohl sie nicht auf dem Gaspedal stand. Die Vorderräder knirschten über Schotter und rollten dann auf den glatten Belag der Straße.

Roy schrie noch immer, aber Cheyenne beachtete ihn nicht. Sie konzentrierte sich darauf, das Auto auszurichten – sie konnte nur nach Gehör fahren –, damit alle vier Reifen auf der Straße blieben. Erst jetzt gab sie vorsichtig Gas. Sie hatte viel zu große Angst, schneller zu fahren. Wenn sie von der Straße abkäme und gegen einen Baum fuhr, könnte Roy mit ihr machen, was er wollte. Der linke Vorderreifen ratterte über Schotter. Sie riss das Lenkrad rum und hörte, wie Roy auf der anderen Seite am Fenster fluchte. Als der rechte Reifen von der Straße abkam, war sie vorsichtiger.

Sie konnte von draußen Roys Schritte hören. Zuerst ging er neben dem Auto her, dann rannte er. Jeder seiner Schritte ließ sie das Pedal nur noch einen Millimeter weiter nach unten drücken. Wenn ein Reifen von der Straße abkam, lenkte sie minimalst dagegen.

Und dann fiel Roy zurück.

Cheyenne schöpfte gerade wieder ein wenig Hoffnung, als ein neues Geräusch sie zusammenfahren ließ. Das elektronische Schnarren eines Handys.

Was sollte sie tun? Sie war wie gelähmt. Wer rief Roy wohl an? TJ? Jimbo? Ein Freund von Roy? Wer auch immer es war, Cheyenne war sich sicher, dass die Leute, die Roy anriefen, wahrscheinlich nicht gerade diejenigen waren, die ihr zu Hilfe eilen würden. Es gab keinen Grund ranzugehen.

Cheyenne hatte unwillkürlich ihren Fuß vom Gas genommen. Das Auto wurde langsamer und fuhr fast überhaupt nicht mehr.

Dann fiel ihr etwas ein. Wenn der Anrufer erst einmal aufgelegt hatte, könnte sie das Telefon nehmen und den Notruf wählen. Aber dafür musste sie es finden.

Als sie den Kopf drehte, weil sie rausbekommen wollte, wo das Klingeln herkam, gab das Telefon ein letztes Blöken von sich und hörte dann auf. Das Klingeln war vom Autoboden gekommen. Cheyenne setzte den Fuß auf die Bremse und stocherte mit den Fingern durch die zerknüllten Papiere, die den Boden zumüllten. Sie fand einen Schraubenschlüssel, einen Schraubenzieher und Werkzeuge, die sie nicht kannte. Und dann schlossen sich ihre Finger endlich um das Handy. Es war dasselbe Riesenhandy, das Roy ihr gestern gegeben hatte.

Sie hatte gerade mal die Neun gedrückt, als sie ein anderes Geräusch hörte. Roys Schritte. Er rannte, allerdings seltsam hoppelnd. Nun wusste sie endgültig, dass sie ihn getroffen hatte. Trotzdem holte er auf.

Cheyenne drückte die Eins zweimal und dann ein paar andere Tasten, bis sie endlich die Wähltaste gefunden hatte. Ein Freizeichen ertönte. Sie klemmte sich das Telefon zwischen Ohr und Schulter – hier war die klobige Größe überraschend praktisch – und umklammerte das Lenkrad.

»Notrufzentrale.« Eine Frauenstimme.

Der Stein krachte wieder gegen das Fenster. Cheyenne glaubte, dass sie ein winziges Glasstück an ihrer Wange gespürt hatte.

»Ich brauch die Polizei. Oh, bitte beeilen Sie sich!« Sie ließ das Auto weiterkriechen. Aber sie wusste, dass sie niemals schnell genug sein würde.

»Was für ein Notfall liegt vor?«

»Ich heiße Cheyenne Wilder und ich bin entführt worden, und jetzt sitze ich in einem Auto und habe die Türen abgeschlossen, aber der Entführer ist draußen und versucht die Scheibe mit einem Stein einzuschlagen!« Die Worte sprudelten nur so aus ihr heraus.

»Hat er eine Waffe?« Die Stimme der Frau war noch immer ruhig.

»Nur den Stein. Aber das Fenster geht langsam kaputt.«

»Hast du die Schlüssel?«

»Ja.«

»Kannst du wegfahren?«

»Ich versuch es ja, aber ich bin nun mal leider blind.«

»Blind!« Die Frau in der Zentrale holte tief Luft. »Okay, dann sag mir, wo du bist, Cheyenne.«

»Aber das weiß ich doch nicht.« Als der Stein diesmal runterkrachte, war da ein Splittern. Das Fenster zerbrach wirklich langsam. Sie musste hier weg. Sie drückte das Gaspedal ein bisschen weiter runter. Vorne rechts knirschte das Auto über den Schotter. Cheyenne steuerte etwas dagegen, aber es reichte nicht. Der rechte Hinterreifen war auch nicht mehr auf der Straße. »Ich bin irgendwo eine Autostunde weit vom Woodlands Experience Einkaufszentrum weg. Ich bin auf einer Straße in den Wäldern. Sie ist asphaltiert und hat Seitenstreifen aus Schotter. Und es ist einsam. In der letzten halben Stunde hab ich nur ein Auto vorbeifahren hören.«

»In Ordnung, ich weiß, welcher Handymast deinen Anruf überträgt. Das grenzt es ein – aber nicht genug. Wir müssen immer noch einen Radius von fünf Meilen abdecken. Ich alarmiere alle Einheiten in deiner Nähe, damit sie dich finden.« Cheyenne hörte, wie die Frau Anweisungen weitergab.

Ein weiterer Schlag gab dem Fenster den Rest. Risse durchzogen das Glas, es hörte sich wie knisternde Cellophanfolie an.

»Cheyenne!« Roy brüllte. »Cheyenne!«

»Ist er das?« In die sorgsam emotionslos gehaltene Stimme der Frau am Telefon schlich sich ein Hauch von Schock.

»Ja!« Cheyenne keuchte. »Bitte beeilen Sie sich!«

»Wir kommen, Cheyenne.«

Nach einer schier endlosen Zeit, die wahrscheinlich nur eine Minute gedauert hatte, hörte man in der Ferne ganz schwach einen Heulton. »Moment! Ich hör eine Sirene!«

»Aus welcher Richtung? Ich habe vier Autos draußen, aber sie sind ziemlich weit verteilt.«

»Ich glaub, aus Süden, aber ich bin mir nicht sicher.« Cheyenne fiel etwas ein. »Können Sie ihnen sagen, dass sie ihre Sirenen einer nach dem anderen anstellen sollen?«

»Ja, aber was –«, und dann verstand sie. »Ja! Halt durch. Ich sag ihnen, dass sie es nacheinander machen sollen. Und du gibst mir dann Bescheid, welche du hörst. – Auto eins«, sagte die Frau. Stille.

»Nichts«, sagte Cheyenne. Sie hatte Angst, dass sie es nicht richtig hören würde, und nahm den Fuß vom Gas.

Mit einer Hand langte Cheyenne zur Scheibe und strich mit den Fingern darüber. Es fühlte sich wie ein Netz aus Kieselsteinen an. Und genau in dem Moment krachte der Stein wieder gegen das Fenster. Plötzlich strömte kalte Luft ins Auto. Das Loch war nur so groß wie ein Zehncentstück, aber sie wusste, dass das nicht so bleiben würde.

»Auto zwei.«

»Noch immer nichts.« Cheyenne hatte sich noch nie im Leben so einsam gefühlt.

»Auto drei.«

Endlich hörte sie eine Sirene.

»Das ist es! Und es hört sich näher an als vorhin.«

»Alles klar!«, sagte die Frau triumphierend. »Wir kommen.«

Dann stieß eine Hand durchs Fenster, umfasste Cheyennes Hals und drückte sie gegen die Kopfstütze. Das Handy fiel auf den Boden. Wo war die Pistole? Cheyenne wusste es nicht mehr, und als sie mit der Hand über den Sitz strich, konnte sie die Waffe nicht finden. Roy drückte ihren Hals fester zu. Sie konnte nicht schreien – sie konnte nicht mal atmen –, aber sie hörte, wie die Sirene immer lauter wurde.

Verzweifelt wühlte Cheyenne in ihrer Tasche und fand schließlich die Glasscherbe. Sie packte sie, achtete nicht darauf, dass sie sich den Daumen aufschnitt, und zog sie dann über Roys Handrücken. Er fluchte, ließ ihren Hals los und wand ihr das Glasstück aus den Fingern. Es war vor Blut ganz glitschig, sein Blut und ihrs, und sie konnte die Scherbe nicht festhalten.

Dann war Roys Hand zurück. Wie ein Stahlband lag sie um ihren Hals. Sie würde sterben, Sekunden bevor sie gerettet wurde. Nein! Nein! Sie durfte nicht sterben. Nicht jetzt. Vielleicht würde er loslassen, wenn sie wieder anfuhr. Mit einer Hand suchte sie das Lenkrad und dann trat sie das Gaspedal.

Es rummste und jemand schrie und plötzlich war Roys Hand nicht mehr da. Cheyenne spürte, wie der Hinterreifen über etwas drüberfuhr.

Sie hörte, wie hinter ihr ein Auto mit quietschenden Reifen zum Stehen kam. Die Sirene wurde ausgestellt. Zwei Türen wurden aufgerissen.

»Halt! Polizei!«, rief eine Männerstimme. »Bleiben Sie am Boden!«

Schritte rannten zu ihr. »Cheyenne, hier ist die Polizei«, sagte ein anderer Mann. »Du bist jetzt in Sicherheit.«

Eine ganze Weile rührte Cheyenne sich nicht. »Ich will ihre Dienstmarke fühlen«, sagte sie schließlich. Ihr Fuß stand auf der Bremse, aber sie konnte ihn jederzeit zum Gaspedal rüberschwenken.

»Was?«

»Haben sie Ihnen nicht erzählt, dass ich blind bin? Ich will Ihre Dienstmarke fühlen. Der Mann, der mich gerade umbringen wollte, hat mir auch gesagt, er wäre Polizist.« Sie streckte ihre linke Hand zu dem Loch in der Scheibe – die rechte Hand aber ließ sie am Lenkrad liegen.

Sie hörte, wie er herumfummelte und ihr dann seine Dienstmarke in die Hand drückte. Cheyenne fuhr mit dem Daumen über die erhöhten Buchstaben. Mit zitternden Fingern stellte sie den Motor aus.

»Warum haben Sie so lange gebraucht?«, flüsterte sie.

Nur ein Freund?

Zwei Wochen später, als Cheyenne sich gerade heißes Wasser über ihre Trinkschokolade gegossen hatte, klingelte das Telefon. Sie ging ran.

»Hallo?«

Am anderen Ende der Leitung war es ruhig. »Cheyenne«, sagte eine Stimme schließlich zögernd.

Plötzlich war Cheyenne hellwach, obwohl sie in der Nacht nur vier Stunden geschlafen hatte. Mit dem Schlafen hatte sie noch immer Schwierigkeiten.

»Wer ist es denn, Cheyenne?«, rief Danielle aus dem Wohnzimmer, wo sie zusammen mit Cheyennes Dad ein Footballspiel ansah.

»Wart mal kurz«, sagte Cheyenne in den Hörer und rief dann: »Das ist nur ein Freund.«

Sie ließ den Kakao auf der Anrichte stehen, ging den Flur hinunter zu ihrem Zimmer und schloss die Tür.

»Was willst du?«, fragte sie, die Stirn gegen das kühle Holz der Tür gelehnt.

»Ich ruf an, weil ich dir ein frohes neues Jahr wünschen wollte«, sagte Griffin ganz sanft.

»Woher hast du meine Nummer?« Cheyenne merkte, dass

sie zitterte. Phantom spürte ihre Anspannung, stand von seinem Hundekorb auf und rieb sich gegen ihren Oberschenkel. Cheyenne stützte sich an seinem Nacken ab.

»Du hast sie meinem Vater gegeben, schon vergessen? Zwei Mal.«

»Hast du vielleicht mal dran gedacht, dass ich das Ganze vergessen will?«

»Tut mir leid.« Griffins Stimme klang auf einmal jünger und unsicherer. »Ich werd dich in Ruhe lassen.«

Sie hatte nicht vorgehabt, das zu sagen, aber die Worte platzten aus ihr heraus. »Nein – warte!« Cheyenne atmete einmal tief durch. »Rufst du von Chicago aus an?«

»Also hast du davon gehört? Ja, sie haben mich zu der Schwester meiner Mutter und ihrer Familie gesteckt. Sie haben gesagt, dass ich Tante Debby schon mal getroffen habe, als ich drei war, aber ich erinnere mich nicht. Sie konnten Roy nicht besonders gut leiden, also nehme ich mal an, dass meine Mutter danach lieber weggeblieben ist.«

Für Roy empfand Cheyenne nur Verachtung. »Ich schätze, da hatten sie recht.«

»Ja.« Griffin seufzte. »Ich hab die ganzen Jahre lang gedacht, dass Mom sauer auf mich ist. Ich kann immer noch nicht glauben, dass sie tot ist.«

Cheyenne hatte von den Todesfällen gehört. Griffins Mutter war vor sieben Jahren gestorben und Jimbo an dem Tag ihrer Flucht im Wald.

»Konntest du mit deinem Vater sprechen?«

Sie ertrug es nicht, an Roy zu denken. Es funktionierte nur, wenn sie an ihn als Griffins Dad dachte. Sie hatte seine Unterschenkel mit den Hinterreifen überfahren und beide gebrochen. Sie hatte ihm in die Seite geschossen, aber die Kugel hatte ihn nur gestreift und nichts Lebenswichtiges verletzt. Ihr Vater hatte erzählt, dass Roy wegen Entführung, Körperverletzung und Totschlag angeklagt wird. Die Untersuchung zu TJs geistiger Verfassung stand zwar noch aus, aber er sah einem Dutzend Anklagepunkten entgegen, unter anderem Mord. Griffin war bereit, mit den Behörden zusammenzuarbeiten.

»Nein«, sagte Griffin. »Ich darf nicht mit ihm reden. Eigentlich wissen sie nicht mal, dass ich dich gerade anrufe. Die würden ganz sicher ausflippen, wenn sie wüssten, dass wir miteinander sprechen.«

»Ja, meine Familie auch«, sagte Cheyenne leise.

»Ich ruf von einer Telefonzelle aus an, falls deine Stiefmutter oder dein Vater abgenommen hätten. Damit man nicht die Nummer meiner Tante auf dem Display erkennt.«

Cheyenne hatte versucht, es ihnen zu erklären. Aber klar, Danielle und Nick sahen in Griffin lieber den Bösewicht, der ihre Tochter entführt hatte. Sie sprachen nicht besonders gern darüber, dass sie sich alle Mühe gegeben hatte, Griffin umzubringen, oder dass er sie im Wald gerettet hatte.

»Rat mal, wer gerade im Garten ist?«

Es war still, dann sagte Griffin langsam: »Das ist nicht dein Ernst.«

»Doch. Duke. Ich habe meine Eltern angefleht, und sie haben einen Hundetrainer engagiert, der ihn erst mal in den Wäldern finden musste und jetzt hier mit ihm arbeitet. Eine Frau. Männer mag er noch immer nicht so besonders.«

Griffin lachte kurz. »Kaum zu glauben, dass Duke überhaupt jemanden mag.«

Pause. »Und wie ist es so bei deiner Tante?«, sagte Cheyenne schließlich.

»Ehrlich gesagt, fühle ich mich wie Duke. Die lassen mich alle nicht aus den Augen. Sie haben mich in diese High School für etwas andere Schüler eingeschrieben. Hört sich so an, als wären das vor allem schwangere Mädchen, Schüler mit Drogenproblemen und ich.« Aber Griffin klang nicht verbittert. »Wenn ich das schon machen muss, schätze ich mal, dass ich mir vielleicht ein paar von diesen Aufnahmen besorge, von denen du mir erzählt hast. Von diesen Büchern, weißt du. Mal schauen, ob sie mir beim Lesen helfen.«

»Das ist gut«, sagte Cheyenne. Das Reden fiel ihr schwer. Sie war voller Emotionen, die aber alle so durcheinanderschwirrten, dass sie keine einzige davon mehr fühlte. »Neues Jahr, neues Glück«, sagte sie leichthin.

»He, wenn Duke das schafft …«, meinte Griffin. »Was ist mit dir? Hast du irgendwelche Vorsätze fürs neue Jahr?«

»Nur einen. Dass ich Phantom immer überallhin mitnehme.« Als Phantom seinen Namen hörte, schaute er hoch und stieß mit dem Kopf gegen ihren Schenkel. Gedankenverloren kraulte sie ihn hinter den Ohren.

»Es wäre alles anders gekommen, wenn du deinen Hund dabeigehabt hättest.«

Es war schwer zu sagen, was Griffin gerade fühlte. Dachte er daran, was er über seinen Vater erfahren hatte? Oder über sich selbst? Cheyenne wusste, dass sie, nach allem, was passiert war, nie mehr dieselbe sein würde.

»Du hast recht. Es wäre alles ganz anders gekommen«, sagte Cheyenne langsam. »Aber vielleicht ist das in Ordnung.«

»Cheyenne, machst du langsam Schluss? Wir wollen mittagessen«, rief ihr Dad aus dem Wohnzimmer.

»Hör mal, ich muss gehen«, sagte sie.

»Darf ich noch mal anrufen?«, fragte er schnell.

Cheyenne atmete tief ein und überlegte, was sie antworten sollte.

Danksagung

Ich möchte allen Leuten bei Holt danken, aber ganz besonders meiner Lektorin Christy Ottaviano. Judy Watford hat dankenswerterweise ihre Überlegungen über das Blindsein mit mir geteilt und das Buch sogar Korrektur gelesen, indem ihr Computer es ihr vorgelesen hat. Mein Dank gilt zudem der ehemaligen Schülerin der Eugene High School Leslie Elaine Weilbacher, die mir von ihren Erfahrungen erzählt hat. Auch darüber, wie ihr Blindenhund Cammy ihr Leben verändert hat. Robin Burcell, Ermittler bei der Polizei und Autor, weiß so ziemlich alles und ist immer bereit, sein Wissen zu teilen. Todd DeWeese, Chef der Notrufzentrale Portland, hat mir bei einer letzten Wendung geholfen. Und nicht zuletzt Malinda Carlson, Bereichsleiterin Pacific Northwest für Blindenhunde, die mehr als hilfsbereit war.